セーラー服の歌人 鳥居

拾った新聞で字を覚えたホームレス少女の物語

岩岡千景

※本書は、新聞記者である岩岡千景氏が、鳥居氏本人の証言にもとづいて構成したノンフィクション作品です。関係者のプライバシーや名誉等に配慮し、一部、あえて内容を伏せている箇所や、表現等を若干見直している箇所もありますことを、予めご了承願います。なお、本書ならびに鳥居氏に、「特定の個人や団体、組織、施設などを批判・糾弾する」意図は全くありません。あくまでもこうした主観的事実を受け入れて鳥居氏がどう生きてきたのか、どう生きていくのか――を描いたストーリーとなっておりますので、よろしくお願いいたします。（編集部）

過酷《かこく》な運命を背負って
生まれてくる人がいます。

この実話物語《ノンフィクション》の主人公も
そんな一人です。

少女時代に父親から
性的虐待《ぎゃくたい》を受けた母。
幼き日に目の前で見た
その母の自殺、

その後、預けられた
養護施設《ようごしせつ》での虐待《ぎゃくたい》、
若くしてのホームレス生活——

義務《ぎむ》教育もろくに受けられず、
拾った新聞などで文字を覚えた
彼女《かのじょ》が考えつづけた

「なぜ、生きなければいけないのか？」

という問いへの答えとは？

これは、
生きづらさを抱《かか》えたあなた、

失意《しつい》に沈《しず》んだ時のあなた、

悲しみにくれる日のあなた——
のための物語でもあるのです。

〝芸術家は、もともと
弱い者の味方だったはずなんだ〟
――『畜犬談《ちくけんだん》』（太宰《だざい》治）

もくじ

第一章　追憶　13
第二章　喪失　23
第三章　苦闘　53
第四章　絶望　67
第五章　孤独　115
第六章　光明　135
第七章　創作　153
第八章　独学　169
第九章　開花　199
第十章　居場所　213
第十一章　遺産　223
あとがき　264

第一章　追憶

■ラーメンのにおいの懐《なつ》かしい家

そこは1階にラーメン店が入った、古いアパートでした。

西東京市にある西武柳沢《やぎさわ》駅で待ち合わせ、大きな街道沿《かいどうぞ》いを歩いてそのアパートの前まで来ると、彼女《かのじょ》はふいに声を上げて立ち止まりました。

「そうだ、ここだ!」

その2階にある部屋で小学4年生の時から1年あまり、今はもういない母と2人で暮《く》らしていたといいます。

彼女《かのじょ》は「鳥居《とりい》」と名乗る歌人（短歌、つまりは五・七・五・七・七の三十一の文字数からなる詩を作る人）です。

きれいな黒髪《くろかみ》で肌《はだ》はすき通るような白さ。

人をまっすぐに射《い》ぬくような黒い瞳《ひとみ》が意思の強さを感じさせます。

いつもセーラー服を着ていて、この日もそうでした。

昔、母と暮《く》らしたという部屋の集合ポストには郵便物《ゆうびんぶつ》が入っていて、今は別の誰《だれ》かが住んでいるようでした。

鳥居《とりい》はその部屋に向かって手を合わせ、母の霊《れい》をなぐさめるようにしばらく黙《もく》とうしました。

それから記憶を確かめるように近所を少し歩きました。

学校帰りによく道草して屋上にのぼったというマンション、緑に囲まれた静かな神社……。

そして、再びアパートの前まで来て、なごり惜しそうに2階の部屋を何度も見上げ、もと来た道を帰ろうとした時。鳥居《とりい》はすっとしゃがみ込んで地面に短歌を書きつけました。

目を伏《ふ》せて空へのびゆくキリンの子月の光はかあさんのいろ

鳥居《とりい》の両親は、彼女《かのじょ》が2歳の時に離婚《りこん》しました。鳥居《とりい》に当時の父の記憶はありません。2人きりで暮《く》らしていた母も、小学5年生の時に亡くなりました。自殺でした。その後、親のいない子などが暮《く》らす児童養護施設《ようごしせつ》に預けられましたが、施設《しせつ》での暮《く》らしは殺伐《さつばつ》としていて、ひどい虐待《ぎゃくたい》やいじめもあったといいます。

高熱が出た時に「ほかの人にうつったらよくない」と倉庫に閉じ込められて何日間も食事ももらえずに忘れられたり、自分より大きい男の子からはあざができるほどなぐられ、先輩《せんぱい》の女の子からは熱湯をかけられたり。「おまえなんか、ごみ以下だ」とののしられ、精神的な嫌がらせを受けたこともありました。

そうした生活から、心が枯《か》れきって学校に行けなくなってしまい、不登校に。

このため鳥居《とりい》は、いまだに義務《ぎむ》教育をきちんと受けられていません。

大人になった今でもセーラー服を着ているのは、「小学校や中学校の勉強をやり直す場を確保したい」という気持ちを表現するためです。

いじめや貧困《ひんこん》などさまざまな理由で、自分と同じように学校に行きたくても行けない子たちはほかにもいます。「そうした子たちがいることを知ってほしい」という願いも込めています。

鳥居《とりい》はまた、施設《しせつ》で脚《あし》にひどいけがを負《お》い、今もその後遺症《こういしょう》が残っています。

このため彼女《かのじょ》は、「今もさまざまな場所で、自分と同じようにつらい思いをしている子どもたちがいることを伝えたい」とも思っています。

鳥居《とりい》の短歌にこんなものがあります。

消えた子の語らざる声とつとつと指紋《しもん》少なき教科書にあり

不登校だった中学を形の上でだけ卒業すると、鳥居《とりい》は、祖母《そぼ》とほんの短期間暮《く》らした後、16歳からアルバイトをして働き、一人で暮《く》らしてきました。

しかし、その後も、ある親類からひどい嫌がらせを受けてDVシェルター（家庭内暴力などにあっている人の避難所《ひなんじょ》）に入ったり、里親（他人の子を預かって自分の家庭に迎《むか》え入れて育ててくれる人）から追い出されてホームレスとなったり……

それは過酷《かこく》な経験をくり返してきました。

「鳥居《とりい》」というペンネームを使い、本名も年齢《ねんれい》も明かさず活動しているのは、性別や年齢《ねんれい》の枠《わく》を越え、生と死、現実と異次元などの境界《きょうかい》さえも越えて歌を届けたいという思いからです。

けれども、短歌を詠《よ》む（作る）だけでは、食べていけません。アルバイトをしてためたお金などをやりくりし、ファンの方からの差し入れの野菜ジュースや栄養補助食品にも助けられながら、日々の空腹をなんとかしのいでいます。

1日1回しか食事ができないというのも、彼女《かのじょ》にとっては日常です。

何回目かの母の命日を前にした、2014年の初夏。

鳥居《とりい》は「ずっとできなかった供養《くよう》をしたい」と、おぼろげな記憶を頼りに、冒頭《ぼうとう》で記したように、母と暮《く》らした思い出の場所を訪ねたのでした。

新聞社の文化部で仕事をしている私は、2013年12月、「作家が生まれるとき」

と題して〝作家の卵〟を紹介《しょうかい》した特集紙面の取材をきっかけに鳥居《とりい》と知り合いました。

そしてこの日は、大阪に住んでいる彼女《かのじょ》から「東京に行く」と連絡をもらい、つきそっていました。以前、「東京に来ることがあったら連絡してね」と伝えてあったからです。

彼女《かのじょ》は悲惨《ひさん》な境遇《きょうぐう》の中でも短歌に出会って創作を始め、短歌の世界で存在感を現わし始めています。

また、自分自身が日々を生き抜くのに精一杯でありながらなお、「生きづらさを抱えた人たちに寄りそいたい」と話し、「生きづらいなら短歌をよもう」と呼びかける講演や短歌会を開いています。

つらい経験をしてきたからこそ生まれてくる、弱い立場に追いやられた者の気持ちがにじむ短歌や、他者に寄りそおうとしながら語る言葉は、それらを読む人や聞く人の心を強くゆさぶります。

いつの日も空には空がありました母と棺《ひつぎ》が燃える真昼間

本書では、そんな鳥居《とりい》の半生と短歌の世界をご紹介《しょうかい》していきたいと思います。

第二章　喪失

■静かに壊《こわ》れていった家族

「あなたはいいよね、友だちと遊んできて楽しくて。私は今日もさみしかった」——精神を病んでいた鳥居《とりい》の母は、二人暮《ぐ》らしの貧《まず》しい生活の中で、時折そんな言葉を発していました。

そんな母を鳥居《とりい》が亡くしたのは小学5年生の時。まだ11歳でした。

対岸に灯《とも》は点りけりゆわゆわと泣きじゃくる我《われ》と川を隔《へだ》てて

母は、主に舞台《ぶたい》でのお芝居《しばい》に出演していた女優でした。無名ながらも、女優の仕事をしていたころが、母の人生でいちばん楽しい時期だったようです。

「一緒《いっしょ》に仕事をした岩下志麻《しま》さんは優しかった」

「ドライアイスの煙《けむり》の中で横たわっていなくちゃならなくて、あの時は大変だったなぁ」

――と、いつも暗かった母は目を細めて昔の仕事のことを思い出し、幼い鳥居《とりい》の前で楽しそうに話すことがあったそうです。

お芝居《しばい》を通じて知り合ったのでしょう。若き日の母は、脚本家《きゃくほんか》を志す青年であった父と、両親の反対を押し切って結婚し、暮《く》らし始めました。

母の両親……つまり鳥居《とりい》の祖父母《そふぼ》は、娘（鳥居《とりい》の母）がエリートの男性と結婚することを望んでいたので、強く反発したそうです。

しかし父の仕事はぱっとせず、結婚生活も長つづきしなくて、夫婦は鳥居《とりい》がまだ2歳の時に離婚《りこん》しました。

母は、「子どものころに、自分の父親（鳥居《とりい》の祖父《そふ》）から性的虐待《ぎゃくたい》を受けていた」

「それを、自分の母親（鳥居《とりい》の祖母《そぼ》）に告げてもとりあってもらえなかった」と、鳥居《とりい》に語ることがありました。

そんなつらい過去のせいか、母は〝性愛〟や〝性交〟を激しく嫌悪《けんお》していました。

そして鳥居《とりい》を産んだ後に、健康だった自《みずか》らの子宮《しきゅう》を手術で取ってしまい、胸にはさらしを巻いて、自分のことを「僕《ぼく》」と呼んでいました。

キッチンの蛇口《じゃぐち》の上で首締《し》めて逆さに攣《つ》るし上げられた花

母はもともと文学少女で、雑誌などに投稿《とうこう》してよく採用されていました。読者からの投稿《とうこう》をまとめたある本に、母が両親にあてて書いた文が残されています。

母はその文の冒頭《ぼうとう》で「僕《ぼく》は、あんたらを〝親〟だとは認めていない」と宣言。両親を「爺《ジジイ》」「婆《ババア》」と呼んで、激しい嫌悪《けんお》をぶつけています。

また、自分は社会に出て、人間のいやな部分や汚《きたな》い面を「ヘドが出るくらいたくさん見てきた」けれど、「あんたたちに比べれば、そんなこと、ずっとずっと、ましだった」ともつづっています。

さらには、「女でいることがたまらなくいや」であり、子宮《しきゅう》を手術で切除したことや、性的虐待《ぎゃくたい》を受けた経験も告白しています。

「ある晩、僕《ぼく》は眠っていて体に重圧を感じ、目を覚ますと、爺《ジジイ》が僕《ぼく》の体に馬乗りになっていた」

そして、自分の境遇《きょうぐう》に耐えられなくて自殺未遂《みすい》と家出をくり返したこと、実家からできるだけ遠い大学を選んで進学したこと、両親が「僕《ぼく》を大学卒業と同時に政略結婚させようとしていた」ため東京へ逃げたのに、居場所《いばしょ》を突き止められて連れもどされてしまったことも記しています。

最後は、「いったいどこまで僕《ぼく》を不幸にすれば気が済むというのだろう」「1秒でも早くこの世から消えてくれ」という両親への強烈なメッセージで締《し》めくくっています。

母は潔癖症《けっぺきしょう》でもあり、トイレに入ると、トイレットペーパーをたくさん使って、カラカラとペーパーを引き出す音をいつまでも響《ひび》かせていました。

歯みがきも、歯医者さんに行った時に「歯の表面が削《けず》れている」と指摘されてしまうほど、念入りにしていたといいます。

両親と不仲になった母でしたが、関東へ出て結婚した後で鳥居《とりい》を出産し、離婚《りこん》した後は、経済的な苦しさなどからやむをえなかったのでしょう、三重県にあった実家に帰りました。

「母にとって実家にもどるということは、安定した生活を得られると同時に、『やっと自分を虐待《ぎゃくたい》する親から離れて、自由に生きていける』という人生の希望をあきらめるということでもあったのでは」と鳥居《とりい》は考えています。

母の実家は、広くて立派でした。

祖父《そふ》はテレビ局に管理職として勤めていました。

鳥居《とりい》には、その祖父《そふ》が、鳥居《とりい》が幼いころに公園に連れて行ってくれ、ブランコに乗って「押して」とせがむと、背中を何度も押してくれた思い出があります。

冬の朝には先に起きて「寒くないように」と、鳥居《とりい》が寝ていた部屋の暖房《だんぼう》をつけてくれたことも、温かい思い出として記憶に残っています。

祖母《そぼ》は、自ら設計を手がけた自宅で、学習塾《じゅく》を経営していました。元は学校の理科の先生だった祖母《そぼ》は、ほかの講師も雇《やと》ってはいましたが、ほとんどの教科を自分で教えていました。

三重県や愛知県などは、1959年（昭和34年）、〝伊勢湾《いせわん》台風〟という巨大な台風に襲《おそ》われました。

祖父母《そふぼ》が住んでいた地域の学校も被害《ひがい》にあい、祖母《そぼ》が塾《じゅく》を始めたのは、学校代わりに子どもたちが学べる場を作ろうと考えたのが始まりだったそうです。

生徒は思いのほか多く集まったようで、教室は2つありました。

寝そべって算数ドリル解く午後に野菜の匂《にお》いの雨が降り出す

塾《じゅく》をとりしきる先進的で堅実《けんじつ》な面を持っていた一方で、祖母《そぼ》は家事も完璧《かんぺき》にこなす几帳面《きちょうめん》な人でもありました。

祖父母《そふぼ》の家がとり壊《こわ》される時に鳥居《とりい》が持ってきた遺品《いひん》の中に、そのことを伝えるものがあります。

まだ鳥居《とりい》の母も幼かった1960年代初め、祖母《そぼ》が自ら建築《けんちく》設計したというダイニングキッチン（台所兼《けん》食事室）をテレビが取材に来て、住まいの工夫をテーマにした番組で紹介《しょうかい》しました。遺品《いひん》の中にはその番組の台本があり、そこに祖母《そぼ》は「家事処理のお上手な奥さま」と書かれているのです。

「名実《めいじつ》ともに備わった働き者、家計の運営と家事処理のうまさにかけては、旦那《だんな》さまも一目も二目も置いている、その道のベテラン」「家計経営の才は並々のものではない」とも紹介《しょうかい》されています。

おぼろげに祖母《そぼ》のミシンの音を聴きやがて眠りに落ちる雨の日

祖母《そぼ》はしつけと教育にも、きびしい人でした。

鳥居《とりい》が小学校低学年のころに家で漢字を練習していて、間違えた字を書くと「本当にその字が正しいと思うの？」と尋《たず》ね、鳥居《とりい》が「うん」と答えると、塾《じゅく》の教室に使っている部屋に手を引いて行き、紙に何時間でも正しい字をくり返し書きつづけるようにいったこともあります。

祖母《そぼ》は書道も達者で、正月や町内会の行事の時には地域の人から頼まれて筆で字を書くほどでした。


母も母のきょうだいも、家族はみんな名門校に通っていた「エリートの一家」だったといいます。

祖父母《そふぼ》の家は暮《く》らしぶりも裕福で、家にはグランドピアノがあり、部屋の片隅《かたすみ》には琴《こと》や茶道具も置かれていました。

庭も広くてイチゴ畑のようになっている一角もあり、近所の園児をイチゴ狩《が》りに呼んだりもしていました。

鳥居《とりい》も、祖父母《そふぼ》の家にいた時は、すその広いワンピースなど豪華《ごうか》な服をよく着せてもらっていて、母から、「これはイヴ・サンローランの服だよ」「この服はハナエモリだよ」と教えてもらっていたといいます。

月に1度は家族みんなで旅行をし、夏になると海岸へ花火大会を見に行ったりもしていました。

全員が花火の方を向いている　赤・緑・青　それぞれの顔

世間の人からは、何もかもうまくいっている家族に見えていたかもしれません。しかし家庭内では本音が語られることも、過去に母が受けた性的虐待《ぎゃくたい》について触れられることもなく、家族間の「溝《みぞ》」は深まっていったようです。

■「あいつらと同じ血が流れているなんて、ぞっとするだろ」

そんな表面だけとりつくろわれた家族関係の中で、母は次第に心を病んでいきました。

鳥居《とりい》と母は、食事の時以外は、敷地内《しきち》にある就寝《しゅうしん》用の離れの家で過ごしていたそうです。

祖父母《そふぼ》が同席する食事の場では、そそくさと食事を終えて、何も話さない母でしたが、鳥居《とりい》と二人きりになると、

「あんなやつらの血が自分に流れていると思うと、ぞっとするだろ」

と話していました。

祖父母《そふぼ》のいない場所で「(祖父母《そふぼ》に対して)死ね!」と一緒《いっしょ》に叫《さけ》ぶよう鳥居《とりい》に強要《きょうよう》したこともあります。

風鈴《ふうりん》を窓辺の箱にしまい終えその箱の崩《くず》れやすさを思う

とはいえ、共働きだった両親に代わって、幼いころから家族全員の食事や洗濯《せんたく》を影ながらこなすようになっていた母は、基本的には、働き者で面倒見もよく、「優しい、いい人」でした。

鳥居《とりい》が幼いころには毎晩、寝る前に鳥居《とりい》に絵本を読み聞かせてくれていたそうです。

そのころすでに睡眠薬《すいみんやく》を飲んでいたのか、たいていは意識がもうろうとしていて、物語が「桃《もも》から生まれたかぐや姫《ひめ》」のようになってしまいます。

それでも、母が一生懸命《けんめい》に本を読んでくれたことは、「愛された記憶」として鳥居《とりい》の脳裏に焼きついています。

また、幼くして悪夢にうなされたり、不眠症《ふみんしょう》気味だった鳥居《とりい》を安心させるために、眠る時にはいつも母が手をつないでくれたといいます。そのため、今でも鳥居《とりい》にとって「手をつなぐ」ことは、相手を安心させる大切な愛情表現になっているのです。

また、一緒《いっしょ》に外出した時、鳥居《とりい》が自動販売機の前で「このジュースがほしい」「やっぱりあっち」とわがままをいった時にも優しくつき合ってくれました。


母はうそが嫌いで、社会的な問題に関心が高く、戦場の子どもたちの様子などを映したテレビのドキュメンタリー番組もよく見ていました。

「そうしたひどい境遇《きょうぐう》に置かれた子どもたちの痛みを自分のこととして感じる、心の優しい人だった」

と、鳥居《とりい》は話します。

干からびる

みみずの痛み想像し私の喉《のど》は締《し》めつけられる

けれども、どこかでスイッチが切り替わってしまうと、優しかった母は一転して鳥居《とりい》をののしりつづけ、1週間も無視しつづけたりするのでした。

母は子育ての仕方を知りませんでした。

また、孤独《こどく》で、心身の余裕もありませんでした。

鳥居《とりい》が小学校低学年のころ。母は手塚治虫《てづかおさむ》の漫画《まんが》を何十冊も買ってきて、「読みな」と目の前に積みました。

上等な牛肉を何人前も買ってきて料理して出し、「食べな」といって、鳥居《とりい》が残すと「高かったのに」と不機嫌になったこともありました。「ネズミ屋敷《やしき》」と揶揄《やゆ》しながらも、ディズニーランドへも何度も連れていってくれました。

まじめすぎる性格だった母は、「子どもは漫画《まんが》や肉、遊園地《ゆうえんち》が好きなもの」といった情報を仕入れると、それが鳥居《とりい》にとっては好みではなくても、懸命《けんめい》に押しつけ、愛情を示そうとしたのでした。

「漫画《まんが》を買ったりするのは、母自身が親からしてほしかったことでもあったんだと思います」

と鳥居《とりい》はいいます。

■心を病んだ母と二人きりで、あてもなく

母は鳥居《とりい》のことも、将来は女優にしたいと考えていたようです。鳥居《とりい》が小学校に上がると、たびたび学校を休ませては東京へ連れて行き、子役としてオーディショ

ンを受けさせたり、テレビＣＭに出演させたりしていました。

そして鳥居《とりい》が小学４年生の時、母は突然《とつぜん》、「そうだ、東京に行けばいい」と思いついたようにいい、３日後の早朝に、逃《に》げるように鳥居《とりい》を連れて実家を出ました。祖父母《そふぼ》に知られないよう、母が夜逃げ専門業者を頼んでいたため、荷物は鳥居《とりい》が寝ている間に全く音も立てずに運び出されたといいます。

その際、鳥居《とりい》が大事にしていた学級文集すら、持って行くことを許されませんでした。

故郷にまつわる思い出の品を持ちつづけることが、母にとっては〝敵対行為〟に思えたからです（とはいえ、あとで母も思い直したのか、東京への荷物の中に学級文集を入れておいてくれたそうです）。

そして、背負えるだけの荷物を背負って、母と始発電車で故郷を後にしたことを鳥居《とりい》は覚えています。

母から「祖父母《そふぼ》に知られてしまうから、誰《だれ》にもいっちゃいけない」といわれていたため、鳥居《とりい》は（唯一《ゆいいつ》事情を話していた）学校の先生が申し出てくれたお別れ会も断わり、友達の誰《だれ》にもお別れはいえませんでした。

もともと母は、祖父母《そふぼ》にあまりに束縛《そくばく》される生活、祖父母《そふぼ》を世話するだけの生活を嫌悪《けんお》していて、それで若いころに女優を志して東京へ出て、結婚も焦《あせ》ったようです。それが離婚《りこん》となり、実家にもどらざるをえなかった――でもやはり、その生活に耐えられなかったのでしょう。

「私には、故郷を恋しがることは、イコール、母の味方につかないことのように思え、申し訳ないような気がしていました。でもやっぱり、故郷を捨てることはさみしかったので、せめてもの記念に、これからは思い出になってしまう実家の柱に、小さい字で何か彫《ほ》りつけたのを覚えています。

母は〝自分についてくるか、祖父母《そふぼ》のもとに残るか？〟聞いてはくれました。当時の私には〝この世でいちばん大事な母と離れる〟という選択はありえませんでした。母が当時の私のすべてだったからです」

東京に着くと、母と安宿を泊まり歩き、不動産屋を何軒《なんげん》も回って住まいを探しました。

しかし、〝頼れる身寄りのいない母子〟に部屋を貸してくれるところはなかなかなく、ほとんどの不動産屋は、「保証人もいないんでしょ？」とすげない態度。何時間交渉しても、結局住む場所は見つからず、「これからどうなるんだろう？」と毎日疲《つか》れ果てていたことを鳥居《とりい》は覚えています。

その間の数ヶ月は小学校に通うこともできませんでした。

ようやく借りられた住まいは、駅から近いわけでもないアパートで、キッチンのほかに2間あるだけの狭《せま》い部屋。1階にあるラーメン店から、常に脂《あぶら》っこいにおいが漂《ただよ》ってきていました。おまけに地下には戦中に落とされた不発弾が残されているという地域でした。

その後1年近くに及んだ母子2人きりの生活は苦しいものだったといいます。

母は、年をとるにつれて女優としての仕事をもらえなくなり、だんだんとオーディションを受けては落ちることのくり返しになっていきました。

東京に出てきてからは、貯金《ちょきん》を切り崩《くず》したりして、なんとかやりくりしていたようです。生活保護を受けようと、役所へ相談に行ったこともあります。しかし、「引っ越すようにいわれた」といって悩んでいました。当時の家賃《やちん》は10万円。役所の担当者は「生活保護を受ける人の住まいとしては高すぎる」というのでした。

結局、母は引っ越しをしませんでした。

「今思えば、危険で、臭《くさ》くて、誰《だれ》も住みたがらないような部屋で、家賃《やちん》が高かったのは足元を見られちゃっていたのかもしれない。『でも、ここを出たら、ほかに貸してくれるところなんてない』ってお母さんは考えたんだと思います」

と、鳥居《とりい》は当時を思い返します。

母は以前から、「うつ病」と診断《しんだん》されて、病院にも通っていました。

鳥居《とりい》が学校から帰ってくると、うめいていたり、吐《は》いていたり。本章の冒頭《ぼうとう》で記したように、

「あなたはいいよね、友だちと遊んできて楽しくて。私は今日もさみしかった」

といって鳥居《とりい》につらくあたることもありました。

鉄棒《てつぼう》に一回転の景色あり身体は影《かげ》と切り離されて

そして経済的に困窮《こんきゅう》していたために、鳥居《とりい》には「中学を出たら、すぐ働いてね」といい聞かせていましたし、鳥居《とりい》もそのつもりでした。

東京の小学校のクラスメートには、当たり前のように「あなたはどこの高校、大学を目指すの?」と聞かれましたが、鳥居《とりい》が「私は中学を出たら、働くの」と答えると、「こいつ、高校にも行けないんだぜ」「バカだ、こいつは」と軽蔑《けいべつ》されるようになりました。〝勉強ができない人間は、人間失格〟と家族じゅうで信じてきた鳥居《とりい》

にはひどい屈辱《くつじょく》でした。

そして、口を開けば方言をばかにされ、「ちゃんとしゃべって！」と笑われるので、実家ではおしゃべりで、木登りもする活発な性格だった鳥居《とりい》は急速に無口になり、「新しい、おし黙《だま》ったキャラで過ごすのも、また面白いかな」と子ども心に思っていたといいます。

標準語強いられるとき転校は味方のいない街へ行くこと

■目の前で死んだ母と言葉の魔力《まりょく》

祖父母《そふぼ》からは、住所を探されて手紙が届いていました。

けれども、「孫（鳥居《とりい》）だけはこっちへ返してほしい」といった内容で、母への愛情が感じられず、母をよけいにつらくさせたようです。

いつしか母は「死にたい」とくり返すようになっていました。鳥居《とりい》が学校から帰ると「今日も死ねなかった」「あなたがいるせいで死ねない」といい、「死なないで」と泣く鳥居《とりい》に、どなりながら日々のつらさをぶちまけていました。

「自分は子どもというより、お母さんの相談役であり、介護役《かいご》だった」と、鳥居《とりい》はいいます。

次第に鳥居《とりい》は「なんで私の家はこうなんだろう」と思うようになり、ある朝、「こんな家いやだ。学校から帰ったら家出する！」といい捨てて学校へ行きました。その時、本当に伝えたかったのは「家出したいぐらい、今の生活がいやなんだ」ということです。

そして「甘えたい」「かまってほしいんだ」という子どもなりの気持ち――

長靴《ながぐつ》をどろんこにして帰る道いくつも空の波紋《はもん》をまたぐ

けれども口をついて出たのは、本心が裏返しになってしまったような言葉だったのです。

その日、学校から家に帰ってくると、母は睡眠薬《すいみんやく》を大量に飲み、倒《たお》れていました。

ただその時はまだ、完全に命を落としていたわけではありませんでした。

ぐったりしたお母さんを前に、鳥居《とりい》は耳元で叫《さけ》んでみたり、ゆり動かしてみたり。

「暖かくすれば良くなるかも」

「暑くて寝苦しくなったら起きるんじゃないかな」

と子どもなりに考え、ふとんをかけてもみました。

救急車を呼ぼうとも考えました。けれども、

「やっと見つけた住まいで、騒《さわ》ぎを起こして住めなくなったら困るから、目立つことをするな」

と母からよくいわれていたので、

「救急車を呼んだら怒られる」

と思い、電話はできませんでした。

ほかにどうすればいいのかわからず、相談できる大人の顔も思い浮かばないまま——鳥居《とりい》は目の前で血の気を失いながら死に向かっていく昏睡《こんすい》状態のお母さんと、何日かを過ごしたといいます。

この母は、鳥居《とりい》の記憶がある2歳のころから、精神の病（うつ）で家にいる時はほぼ寝たきりの人でした（鳥居《とりい》が今思うに、障害者認定は確実に受けられただろう状態だったそうです。しかし、母自身も祖父母《そふぼ》も、世間体やプライドの問題からか、そうした認定はいっさい受けずにいました。懸命《けんめい》な家族サービスとして、月に1回の家族旅行には無理して出かけていたそうですが、旅先でもしばしば体調が悪くなっていました）。

ものすごく努力家で、完璧《かんぺき》主義者でもあり、冗談《じょうだん》で「20キロくらいやせてみたら?」といわれたら、すぐに実行、実現するような、「合格ラインではゆるせない、100点でないと我慢できない」という人でした。

なので、寝たきりでも、家族のご飯は必ず自分が作る、外食では出てこない栄養バランスの優れた料理を作ると決めていて、床にまな板を置いて、はいつくばったまま、吐《は》きながらでも、料理をしていたといいます。

「そんな母は、本当は祖父母《そふぼ》と和解したかったし、愛されたかったんだと思います。でなければ、東京に出てきた後は、気が楽になったはずなんです。しかし、母の精神状態は東京での生活でより悪くなっていきました。

母は、毎晩悪夢を見る、といっていました。そして、実家から夜逃げをした8がつく日付が怖いといい——両親を置いてきたという罪悪感からか、自分は8がつく日にちに罰《ばつ》を受けるのではないか、という妄想にとりつかれていました」

「サブカル系の漫画《まんが》で、作者が自殺した漫画《まんが》があって、すぐ人が死ぬような、残酷《ざんこく》なことが起こるような内容だったんですが、母はその漫画《まんが》を大量に買い込んできて読みふけっていました。私が〝言葉には人を殺す力すらある〟と、言葉の力を信じるようになったのは、母の自殺には、この漫画《まんが》の影響もあったと思うからです。言葉や音楽には、人を死なせるほどの力がある――でも私は、言葉で人を死なせるのではなく、生かしたい。そのためには、1回、死の淵《ふち》へ行って、そこからもどってこないといけない。それで初めて、本当に人を生かす言葉がつむげるのではないか――そう思うようになったのは、母の自殺がきっかけです」

「東京では、最後の気力も消えかけていたのでしょう、手料理にこだわっていた母が次第に、近所でお弁当を買ってくるように、私にいうようになります。そんな時、母は私に必ず〝のり弁当〟を頼んでいました。当時は、〝お母さんはのり弁が好きなんだな〟とたわいもなく思っていましたが、今、思えば、のり弁がいちばん安かったから、いつもそれを頼んでいたのでしょう。それは大人になってから気づいたことです。

昏睡《こんすい》状態の母の口に、当時小学生だった私はのり弁をはしで運び、〝食べないと元気出ないよ〃〃お腹すかないの？〃とずっと話しかけながら、食べさせようとしていました。子ども心に、水で流し込もうともしましたが、口から水があふれるばかりでした。

その時の私はつらすぎる現実に耐えきれず、母が〃さみしくて、心配してほしくて〃死んだふりをしているんだろう、そうだったらいいな、と思うようにしていました。そして、お母さんは私が見ていなければのり弁を食べるんじゃないか、水を飲むんじゃないか、と思い、のり弁と水だけ置いて、他の部屋へ行って数時間後に見に来たりするのをくり返していました。

そして、眠る時には、〃明日目が覚めたら何もかも元通りになっていて、お母さんが元気になっていますように〃と祈りながら眠りました。眠りから覚めた時も、しばらく目を閉じたままでいて、〃何事もない、すべてがいつも通りの日常にもどっていて、お母さんが『朝ごはん、できたよー』って呼びに来てくれる〃よう祈っていました。目を開けて、昏睡《こんすい》状態の母と、その現実に向き合うのが怖かったんです」

そして、いよいよ母の様子がただならないことを、ようやく学校で保健室の先生にうち明け、先生と一緒《いっしょ》に家に帰ると、母はもう息をしていませんでした。

冷房《れいぼう》をいちばん強くかけ母の体はすでに死体へ移る

母が亡くなった時、鳥居《とりい》の心の中にはどこか「ほっとする気持ち」もあったといいます。

「死にたい」とくり返していた母の願いがかなって母は苦しみから解放され、そんな母にどう対応したらいいのかわからず、自分も精神的に苦しかった生活が終わったからです。

しかし、自分を愛してくれて、甘えることができる、たった一人の存在を失った悲しみは、心の中からずっと消えません。

「お母さんを生き返らせたい」という思いを、鳥居《とりい》は今も抱きつづけています。

あおぞらが、
妙に乾《かわ》いて、
紫陽花《あじさい》が、
あざやか　なんで死んだの

第三章　苦闘

■「ソープやってみようかな」

母と最後に観た映画は『愛を乞《こ》うひと』でした。

「愛し方を知らない母と、愛され方を知らない娘。」のキャッチコピーで宣伝された、1990年代の映画です。

その映画では、原田美枝子が演じる主人公が、幼いころに亡くなった父の遺骨《いこつ》を探しながら、実母に虐待《ぎゃくたい》されていた過去の記憶をよみがえらせていきます。

「子どもが見るような映画じゃないですよね」

自嘲《じちょう》気味に、鳥居《とりい》はそうつぶやきました。


夢のなか母さん探す木造《もくぞう》のアパートすでに壊《こわ》されしのち

成長した鳥居《とりい》に恋人ができた時。

「ご飯は何を食べる？」と恋人から聞かれると必ず、「ラーメン屋さんに行こう」と答える鳥居《とりい》がいました。

しかし、いざラーメンを口にすると何の味も感じず、ただ不愉快《ふゆかい》な感覚だけがありました。

ある時ふと気づいたのは、生前の母と暮《く》らした部屋の記憶との関係です。

その部屋の下にはラーメン店があり、部屋にはいつも脂《あぶら》っこいにおいが入ってきていました。

「思い出すことも耐えがたい〝母の自殺の記憶〟と〝母への恋しさ〟——そんな整理のつかない感情から、知らず知らずのうちにラーメン店に足が向かっていたのかもしれません」

母を失ったことによる傷は、自分で気づかないところにも残っています。

母の行為は時に、傍《はた》からは虐待《ぎゃくたい》に見えたものもあったかもしれません。

しかし今、鳥居《とりい》はふり返ってこう語ります。

「母には心身の余裕がなく相談する人もいなかった。孤独《こどく》の中、不器用《ぶきよう》ながらも私を愛そうとしていた母を、いとおしく思います」

いつまでも時間は止まる母の死は巡《めぐ》る私を置き去りにして

「『自殺しよう』と思ってしまった人を、どうしたら踏《ふ》みとどまらせることができるのか?」

母が亡くなってから、鳥居《とりい》はそんな問いにとらわれつづけてきました。

亡くなる前に母が書いていた日記を見ると、「たくさんの『SOS』がつづられている」と鳥居《とりい》はいいます。

小学生だった鳥居《とりい》は当時、文通していた友達への手紙の中に「サンリオのキャラクター、かわいいよね。でもお母さんにそう言ったら『わからない』って言うんだ。信じられないよね」と書いていました。

母の日記には、鳥居《とりい》のその手紙を勝手に開けて読んだことが書かれていました。疲《つか》れて追いつめられ、神経が過敏《かびん》になっていたのでしょう。

母は、たわいない子どもの手紙であっても、自分のことを書いた文章に傷つき、「かわいさがわからなくて悪かったな。信じられないか。でも仕方ないじゃないか」と毒づいていました。

けれども、その後には一転して反省し、「私は母親失格」だと自分を責める言葉がつづられているのでした。

枯れた葉を踏まずに歩く　ありし日は病に伏せる母を疎《うと》みし

精神科に通院していた母でしたが、薬局で薬を処方《しょほう》してもらい、自分の名前を何度も呼ばれても気づかなかったことも記されています。

薬局の人から「店をもう閉めますので、そろそろ帰っていただけませんか」と声をかけられて「私の薬は？」と聞くと「何度もお呼びしてました」といわれた、というのです。

また、日記には、「今日は発作《ほっさ》が3回あった」とも、「（生活保護を受ける相談をしたため）役所の担当者《たんとうしゃ》が来たけれど、部屋を見るだけで帰った」とも書かれていました。

鳥居《とりい》がつらさや苦しさなしに読めなくなるのは「ソープやってみようかな」「この年だから断られるかな」と、母が生活のために風俗《ふうぞく》の世界で働くことを考え、葛藤《かっとう》する胸の内をつづった一文です。


お月さますこし食べたという母と三日月の夜の坂みちのぼる

「お母さんは性愛や性交を嫌悪《けんお》していました。そのお母さんがそんなことを書くなんて、よっぽど追いつめられていたんだろうと思います」

「日記は、〝叫《さけ》び〟みたいなものの連続。お母さんは役所にも病院にも行き、SOSを出しつづけていた。お母さんの死を止められなかった罪《つみ》は、私にもお医者さんにも、役所の人にもおじいちゃん、おばあちゃんにも、みんなにある」

鳥居《とりい》はそういって、問いかけるように、こうつづけました。

「でも、じゃあどうすれば救えたのか。もともとの性質でお母さんが悪いんだ、とはいいたくない。どんな人間も救われるべきだと思う。『仕方がなかった』というと、お母さんが一人で苦しんで死んだのは仕方がなかったことになってしまう。そんなわけがない。そんなことは許されない。じゃあ、どうすればよかったのか」

後述しますが、鳥居《とりい》は中学生の時に、友人も自殺で亡くしています。目の前で、電車に飛び込んでしまったのです。

彼女《かのじょ》をとらえつづける「『自殺しよう』と思ってしまった人を、どうすれば踏《ふ》みとどまらせることができるのか」という問いへの答えは、かんたんに出せるものではありません。

ただ、鳥居《とりい》は私にこう話したこともあります。

「嫌がらせをつづけたりすれば、人は人を案外かんたんに、死にたい気持ちにさせることができるんだと思う。だけど〝死ぬ〟と決めてしまった人を、そこから連れもどすことは難しい。心が枯《か》れ、疲《つか》れ果て、未来を描けない人を前に、物やお金がどこまで価値を持てるのか？　ただ、『すてきな夏服をもらったから夏まで生きてみよう』とか、ふと見た夕焼けがじんわり心にしみたりして『この美しい、いとおしい世界を見られなくなるのなら死ぬのは惜しいな』とか思って、死を踏《ふ》みとどまる人もいる。歌を詠《よ》んだり、絵を見たりするのは、そうしたささいな美しさやいとおしさに目をとめること。だからもっと、文学や芸術が愛される社会にしたい」

書きさしの遺書、

伏《ふ》せて眠れば
死をこえて会いにおいでと
紫陽花《あじさい》が咲く

「夏の服をもらったから夏まで生きてみよう」というのは、人間の内面を鋭《するど》く見つめた小説やエッセイを残し、最期は入水自殺で人生の幕《まく》を下ろした小説家・太宰治《だざい》の作品の中に出てくる一節にもとづく言葉です。

太宰《だざい》は、その処女《しょじょ》作品集である『晩年』の冒頭《ぼうとう》の作品「葉《よう》」に、こう書き残しています。

〝死のうと思っていた。ことしの正月、よそから着物を一反《いったん》もらった。お年玉としてである。着物の布地は麻であった。鼠《ねずみ》色のこまかい縞目《しまめ》が織《お》りこめられていた。これは夏に着る着物であろう。夏まで生きていようと思った。〟

その太宰《だざい》の友人で「無頼《ぶらい》派」と呼ばれた小説家の坂口安吾《あんご》は「教祖《きょうそ》の文学」というエッセイの中で、

「生きることにはあらゆる矛盾《むじゅん》があり、不可決《ふかけつ》、不可解《ふかかい》、てんで先が知れないからの悪戦苦闘《あくせんくとう》の武器だかオモチャだか、ともかくそこでフリ廻《まわ》さずにいられなくなった棒《ぼう》キレみたいなものの一つが文学だ」と記しています。

矛盾《むじゅん》に満ちた人生の中で、悪戦苦闘《あくせんくとう》する時の武器が文学――これまでの人生で経験してきたつらさや切なさを歌に詠《よ》み込み、

「もっと文学や芸術が愛される社会にしたい」

と話す鳥居《とりい》が生み出す作品は、安吾《あんご》がいう「文学」そのものではないかと私は思います。

手のひらに刻まれている未来図の端に火傷《やけど》の痕《あと》はのこりぬ

■「死にたい」と思ってしまう人を救えるものか

目の前で自殺した母、その後につづけて訪れたつらい経験は今なお、鳥居《とりい》の人生に深刻な影を落としていると感じます。

鳥居《とりい》自身も幼い時から自殺願望を抱いてきて、実際に思春期《ししゅんき》のころや、歌人として活動をし始めてからも、自殺未遂《みすい》をした経験があるといいます。

しかし、彼女《かのじょ》は生きのびてきました。

彼女《かのじょ》と、自殺してしまった母との違いは、何なのでしょうか。

「それは、愛だと思います。周りの人からの愛を受けられたか、どうか。それが私と母との違いだと思うんです」

と、鳥居《とりい》は私に話したことがあります。

生前の母が、不器用ながらも懸命《けんめい》に鳥居《とりい》へ注いだ愛、そして、短歌を世に出していくことで知り合った人たちや、ファンの方々からかけられる温かい言葉……。

精神の重い病を抱える鳥居《とりい》は時折、周囲の人とのかかわりの中で他人を怖いと感じてしまい、傷つき、深い絶望の淵《ふち》に落ち込んでいくことがあります。

そんな状況を見聞きして、「死にたいと思ってしまう」という彼女《かのじょ》のつぶやきを聞くことも何度もありました。

時に、その落ち込み方はすさまじく、励《はげ》ましや温かい言葉の届かないところにいるかのようです。

人間がそうした状況に陥《おちい》った時、ささやかなりとも歯止めや救いになるのは、やはり誰《だれ》かから「愛されている」という実感や、他者と自分自身への肯定《こうてい》的な感覚でしょう。

しかし、そうした感覚は、時に容易に失われてしまうものでもあります。

そんな時、絵や短歌、小説、映画……さまざまな芸術が、救いになることがあります。

「芸術家は、もともと弱い者の味方だったはずなんだ」――小説家の太宰治《だざい》は、犬嫌いの主人公が巻き起こす悲哀をユーモアたっぷりに描いた小説『畜犬談《ちくけんだん》』の中で、主人公にそんな台詞《せりふ》を語らせました。

お金も助けてくれる人もなく、弱い立場に置かれてつらい思いをしている人、苦しんでいる人……そうして死にたくなってしまうような状況に置かれている「弱い者」はこの社会に、彼女《かのじょ》のほかにもたくさんいます。

彼《かれ》らはこの社会の中に、ひっそりと、人目に付かないようにして生きているケースも少なくありません。

「死にたい」と思いながらもどうにか生きのびている鳥居《とりい》の姿、自分がそんなギリギリの状況にあっても「自殺を防ぎたい」と語る彼女《かのじょ》とその短歌が、そうした「弱い者」一人ひとりの味方になりますように――鳥居《とりい》の物語と短歌を、引きつづきお届けしていきます。

第四章　絶望

■「なぐる、ける」は「そうされるおまえが悪い」

母が目の前で亡くなった後、鳥居《とりい》は「児童相談所」に一時保護《ほご》されました。そこは、18歳未満の子どもの生活に関する相談を受けたり、虐待《ぎゃくたい》を受けた子や非行に走った子を一時的に保護したりする施設《しせつ》でした。

帰る場所ない子供らが集まって5時のチャイムで扉《とびら》が閉まる

そこでは担当者から〝母が死ぬまでの経緯《けいい》〟をしつこく聞かれ、母が亡くなったのがまるで、鳥居《とりい》のせいであるかのようないい方もされたといいます。

児童相談所に入ると、そこには全身やけどだらけで皮膚《ひふ》がただれはてた子、性的虐待《ぎゃくたい》を受けた子などが身を寄せていました。ほかにも、いろいろな事情を抱《かか》えた、行き場のない子どもたちがたくさんいました。

「自分より、はるかに、つらい思いをしている子はたくさんいる」

と鳥居《とりい》は実感したそうです。

「あの子たちはあれから、どうなったんだろう……」

鳥居《とりい》は時々、思い返しますが、知るすべはありません。


その後、鳥居《とりい》は、母の実家があった三重県の児童養護施設《ようごしせつ》に預けられます。

児童養護施設《ようごしせつ》は、親がいない子や虐待《ぎゃくたい》を受けた子、病気や貧しさなどから親が育てることのできない子たちが入る福祉施設《ふくししせつ》です。

しかし、そこでの生活は「あまりに殺伐《さつばつ》としていて心が枯《か》れきってしまい、学校に行けなくなってしまった」といいます。

理由なく殴《なぐ》られている理由なくトイレの床は硬く冷たい

思春期《ししゅんき》を過ごしたこの施設《しせつ》での生活に、鳥居《とりい》は複雑な思いを抱えています。

「施設《しせつ》では『なぐる』『ける』は当たり前。人をなぐったりけったりするのが犯罪《はんざい》になるっていうことを、私は施設《しせつ》を出てから知りました。『別の国』にいた感じです。そこでは〝『なぐる』『ける』は、『そうされるおまえが悪い』〟という考えが普通だったように思います」

当時の生活をふり返って鳥居《とりい》は話します。

「組織の中では、ストレスは弱い者へ、弱い者へと向かうといわれますが、施設《しせつ》も、そのような状況だったのかもしれません。『誰《だれ》かが誰《だれ》かの髪《かみ》の毛をつかんで施設《しせつ》じゅうを引き回した』『ピアスをすると耳を引きちぎられる』『みぞおちを狙《ねら》え』『いざとなったら目をつぶせ』などの言葉が日常的にささやかれる、戦場のような雰囲気《ふんいき》がありました。男の子から、『自分で壁《かべ》に頭をたたきつけるか、裸になって踊《おど》るか』と二択《にたく》を迫られ、どちらもしなかったためになぐられたり、『おまえは、ごみ以下だ』とののしられたりしていました」

屋根があるトイレに行ける寝ることができる私が生きている施設《いえ》

病気やけがをしても「治療《ちりょう》してもらえなかった」といいます。

ある時、鳥居《とりい》は足の甲にけがをしました。皮膚《ひふ》は裂《さ》けて、傷口が灰色がかった赤紫《あかむらさき》色になり、はれ上がった状態。

けれども消毒液すら、なかなか貸してもらえません。

ようやく貸してもらった消毒液を吹きかけ、ティッシュペーパーで覆《おお》って、自分で手当てをしました。

その時、ほこりが触っても痛く感じるほどだったので、その後遺症《こういしょう》で長年、同じ場所に何かが当たりそうになると反射的にかばってしまっていたといいます。

神経が切れているのか、足の指をグー、パーと閉じたり開いたりすることもできず、最近になってようやく、友人の勧めでリハビリ治療《ちりょう》を始めたそうです。

爪《つめ》のないゆびを庇《かば》って耐える夜　「私に眠りを、絵本の夢を」

ふくらはぎを刃物で切りつけられたこともあり、その時はとっさにジーンズを穿《は》いて傷口を隠したといいます。そして「その後なぜか、走りだした」のでした。誰《だれ》に、どのように切りつけられたのか。

なぜ、ジーンズを穿《は》いて走ったのか。

血がどろどろと出て、その前にあった出来事やその後の行動の理由は、ショックのせいか「よく覚えていない」といいます。

「ただ、ジーンズを穿《は》いたのは『けがは敵兵の中で弱点を見せるようなもの』という意識があったからではないかと思います。けがをしていたら、いたわってもらえる、なんてことはなかった。むしろそこを攻撃される恐れがありました」

服もほとんど支給してもらえず、真冬でも半そで、半ズボンの体操服《たいそうふく》を着ていました。ふくらはぎを切られた時に穿《は》いたジーンズは、寒そうにしている鳥居《とりい》を見かねた学校の先生がかつて買ってくれたものでした（ちなみに、その時に買ってもらったジーンズとパーカーのうち、ジーンズは何度も穿《は》いてすり減って破れてしまいましたが、パーカーは今でも普段着として大切に着ているそうです）。

倉庫に数日間、閉じ込められたこともあります。

高熱が出て立っていられず、そうじができなくなった時、「ほかの人にうつったらよくない」と倉庫に入れられたのです。

永遠に泣いている子がそこにいる「ドアにちゅうい」の腫《は》れた指先

「熱はどんどん上がり、食事も届けてもらえず、衰弱《すいじゃく》していきました。『これはもうすぐ死ぬな……』と思いながら、頭の中にいろいろな思いがめぐっていました」

ふと浮かんだのは、テレビの海外ドキュメンタリー番組で見た、地雷《じらい》があちこちに埋《う》められた地雷原《じらいげん》に住む子どもたちの様子です。

どこに地雷《じらい》が埋《う》まっているかわからない村で、子どもたちは畑仕事や水酌《く》みに行かないといけないし、遊びもする。そして運が悪ければ、地雷《じらい》を踏《ふ》んでしまう。「畑に行ってくるね」といって家を出ていった子が、友達の目の前で爆発《ばくはつ》で吹き飛ばされ、死んでしまうのです。

その映像を倉庫の中で思い出しながら、

「母が死ぬのはきつかったけど、目の前で友達が死ぬのもきついだろうな」

「幸福な人ランキングがあったら、私は下から数えたほうが早いだろうな。でも日本では不幸だけど、世界規模では不幸じゃないかもしれない」

と考えていたといいます。

また、熱でもうろうとする頭で、こんなふうにも考えていました。

「私が死んだら養護施設《ようごしせつ》の状況が表沙汰《おもてざた》になって、子どもたちの待遇《たいぐう》が良くなるといいな。私の死が無駄《むだ》にならなければいい」

道端で内臓曝《さら》す猫《ねこ》の目はあおむけのまま空を映して

「こんなつらい思いをしている人は私以外にいるかな？　……いるだろうな」

「日本の警察《けいさつ》は優秀だというけれど、私の死んだわけを暴《あば》いてくれるかな。どうか暴《あば》いてくれますように――」


そうして何日か過ぎた時、倉庫に荷物を取りに来た職員（閉じ込めた職員と同一人物）が「あ、おまえ、いたんだ」と気づいたようにいいました。

「私、死ぬと思う」と鳥居《とりい》が告げると「遺書、書けば？」と返されたといいます。

その後、「倉庫にいても、じゃま」と外に出され、廊下《ろうか》で鳥居《とりい》が倒《たお》れているところを、別の職員が発見して、病院に連れて行ってくれたそうです。


つらさのあまり、施設《しせつ》に貼ってあった人権相談窓口のポスターを見て「ＳＯＳ」を伝える手紙を書き、施設《しせつ》の近くにあったポストにこっそり入れたこともあります。

すると、施設《しせつ》を視察《しさつ》する大人たちが来てくれましたが、施設《しせつ》職員と会談したのち「先生たちと仲良くしてね」といい残しただけで帰っていったそうです。

「自殺するなら、よそでやってね」

施設《しせつ》にいる子どもたちは同じ学校に通っていて、学校と施設《しせつ》の生活はつながり、学校で何かあればその人間関係を施設《しせつ》でも引きずって、いじめられ、逃げ場がありませんでした。

学校で授業中に先生が出す問題に答えただけで、同じ施設《しせつ》の女の子に「私だってあれぐらいわかってたわ。調子にのるな」といわれ、施設《しせつ》に帰ってその子の兄になぐられたこともありました。

そんなひどい環境《かんきょう》の中で絶望して心は枯《か》れきってしまい、いつしか小学校に行ける精神状態ではなくなっていました。

はじまりも終わりも欲しくなかったと卒業の朝　不登校児は

「不登校というと、自分の意思で行かないように誤解されがちですが、そうじゃなく、行けなくなってしまうこともあるんです」

鳥居《とりい》はそう話します。

施設《しせつ》に入ってすぐのころには通えていた学校でしたが、小学6年生からは行ける日があったとしても保健室に直行するようになります。

中学に上がってからは、全くといっていいほど通えなくなってしまいました。

「小学校は途中から行けなくなってしまいましたが、中学には通おうとしたこともあったんです。その最初の2ヶ月は、小学校の遅れを取りもどそうと必死のあまり、帰宅後に一からノートをきっちりした字で清書し直したりして、毎日のように徹夜《てつや》で勉強したりもしたのですが、学校でうとうとと眠くなって、あげく最後はあまりの寝不足で体を壊《こわ》して熱を出して学校を休んでしまい……悪循環《あくじゅんかん》でした。おばあちゃんは塾《じゅく》を経営していて、母が全国模試《もし》で7位をとっても、おばあちゃんに〝この子はできが悪い〟といわれていました。なので、私も、〝勉強ができないのは最悪だ。人間失格なんだ。頭が悪いやつは、生きている価値がない。自分が勉強ができないなんて、恐ろしい〟と思い込んでいました。それで、倒れて学校を休んだ時に、〝私の人生は終わった〟と思いました。〝いい学校へ行って、いい会社に入って、という夢は消えた〟と」

施設《しせつ》の職員の中には「優しく話しかけてくれる人もいた」ともいいます。「髪《かみ》が少しずつ伸びていくと長くなったことに気づかないように」、自分の体にあざが少しずつ増えていても気づかなかった鳥居《とりい》に、

「あざだらけだね」

と声をかけて心配してくれる職員もいました。

けれどもそんな優しい職員も、鳥居《とりい》が「死にたい」とうち明けた時には「自殺するなら、よそでやってね」といったといいます。

海越えて便りを知らす潮風《しおかぜ》に懐《なつ》いた犬が今も鳴くとか

「どんな人にもいいところと悪いところがあって、『完全な悪人』なんていないとは思いますが……施設《しせつ》のいじめや虐待《ぎゃくたい》は珍《めずら》しいことではないと思います。過去には恩寵園《おんちょうえん》事件（1996年、千葉県の児童養護施設《ようごしせつ》「恩寵園《おんちょうえん》」の園児《えんじ》13人が虐待《ぎゃくたい》に耐えかねて児童相談所に駆《か》け込み、園長と職員らが日常的に体罰《たいばつ》や虐待《ぎゃくたい》をしていたことが明らかになった事件）など、虐待《ぎゃくたい》が表に出た例もあります」

育ててくれる人がいない子や、親などから虐待《ぎゃくたい》された子を救うために心を砕《くだ》き、力を尽《つ》くしている児童養護施設《ようごしせつ》関係者も確かに多くおられます。私は実際に、そうした人たちに会ったこともあります。

しかし、一方で、児童養護施設《ようごしせつ》での虐待《ぎゃくたい》事件が明らかになった例が過去にあるのも事実です。

また、鳥居《とりい》はこうも話します。

「戦争中は理屈《りくつ》が通らない世界。『暴力はいけない』なんていう理屈《りくつ》は通らない。上の人の機嫌《きげん》が悪ければおしまい。同じ日本人の軍隊の中でも、理由なくなぐられたり、殺されたりすることがあったのではないでしょうか。戦争中に起きた不条理《ふじょうり》を描いたテレビのドキュメンタリー番組などを見ると、『施設《しせつ》にいた時と同じだ』と思ってしまうのです」

小学5年生だった少女が、終戦の翌年の夏休みの生活をつづった『昭和二十一年八月の絵日記』（山中和子／トランスビュー）という絵本があります。

その絵本には、畑でとれた野菜や配給《はいきゅう》のこと、学校やきょうだいのことなど、戦後の日常が食べ物や風景の絵とともに淡々《たんたん》とつづられています。

そして最後に、解剖《かいぼう》学者の養老孟司《ようろうたけし》さんが「いまでは、そういう時代もあった、というしかない」という書き出しで解説を書いています。

その絵本を読んだ時、鳥居《とりい》はなぜか「なつかしさを感じた」といいます。

鳥居《とりい》は同世代の人と話している時、

「自分の経験してきた生活は、なかなか理解してもらえない」

と感じることがあります。

「たくさんの不条理《ふじょうり》とささやかな幸せ……私には、現代社会から見れば狂《くる》ったような世界が原風景のようになっている……それは戦時中の生活に少し似《に》ていて、戦争体験者ならわかってもらえるのかもしれない。戦争体験者と話をしてみたい」

常識は一晩にして覆《くつがえ》り飛ばずに落ちた紙の飛行機

鳥居《とりい》は施設《しせつ》を出た後で、テレビのニュースで少年の暴行《ぼうこう》事件の伝え方などを見るうちに、暴力に対する施設《しせつ》の中と社会との意識のズレに気づいていったといいます。

またさらに後日、精神科の医師から「虐待《ぎゃくたい》に関する学会で鳥居《とりい》さんのことを発表したいんだけど、いい？」と聞かれたことから、施設《しせつ》で自分が受けていたのは「いじめ」や「虐待《ぎゃくたい》」だったと気づくようになりました。

「虐待《ぎゃくたい》」とは通常、保護下にある者に対して行なわれる暴力や嫌がらせなどの行為を指します。しかし鳥居《とりい》は、施設《しせつ》で年長の男の子や女の子から受けた暴力やいじめのことも、あえて「虐待《ぎゃくたい》」と呼んできました。

保護者である大人たちがそうした状況を、見て見ぬふりをしていたからです。そして、そうしたひどい状況に置かれた子たちがいることを、「多くの人に知ってほしいし、関心を持ってほしい」と思っています。また、「多くの人に知られることが、状況を変えることにつながる」とも思っています。

「私は自分が入っていた施設《しせつ》や、そこにいた先生、子どもたちを誰《だれ》ひとり恨《うら》んではいません。なぜなら、暴力やいじめをする子にも、そうした行動をとる何らかの理由があったんだろうと思うし、先生も朝の忙しい時に一人で何十人もの子を世話しなきゃいけなかったりして、『虐待《ぎゃくたい》は子どもも大人も追いつめられていた結果』だと思うからです。人知れずそうした状況があり、今も苦しんでいる子がいるであろうことを、一人でも多くの人に知ってほしいと思います」

■捨てられていた新聞と鳥居《とりい》の理解者

鳥居《とりい》にとって、そんな施設《しせつ》生活の中で唯一《ゆいいつ》の楽しみだったのは、施設《しせつ》の片隅《かたすみ》に積まれていた、職員が読み終わって捨てるだけになっていた中日新聞を拾って読むことでした。

株価や為替《かわせ》の情報などが書かれていて理解できないページもありましたが、「わからない字や言葉は、施設《しせつ》にあった辞書《じしょ》を引きながら、読んでいました。私（鳥居《とりい》）は難しい字は新聞で覚えたようなものです。私には漢字が（今でもそうですが）絵に見えて――その絵にどんな意味があるのか調べるのは楽しいことでした」

中でも好きだったのは、歌人の大家である岡井隆さんが担当《たんとう》して古今東西《ここんとうざい》の名言を紹介《しょうかい》していた「けさのことば」の欄《らん》でした。

愛について、幸福について、芸術について——小さい欄《らん》でしたが、そこでは岡井隆さんが毎日、私たちが生きているこの世界の「真理」について、立ち止まって考えさせるような言葉を紹介《しょうかい》していました。

◆——愛情をさがすのには／熟練《じゅくれん》がいるのだ。／錠前《じょうまえ》を、そっと／あけるやうな。「愛情　1」金子光晴《みつはる》

「愛情」はさがすものだろうか。金子光晴《みつはる》は、さがしてつかまえるものだと歌う。「愛情をつかまへるには／辛抱《しんぼう》が要る。／狐《きつね》のわなを／しかけるやうな」と。「錠前《じょうまえ》」「狐《きつね》のわな」といった比喩《ひゆ》には、愛情のもつ技巧的な面が強調されている。この詩の冒頭《ぼうとう》では「愛情のめかたは／二百グラム」と断定していた。（中日新聞「けさのことば」2000年4月6日付より）

◆人間は幸福への憧《あこが》れに満たされているけれども、幸福そのものには長いこと堪《た》えることはできない。『生きることについて』ヘッセ（三浦靭郎《ゆきお》訳編）

「君が幸福を追い求めているかぎり／君はいつまでも幸福になれない」（ヘッセ）という詩の言葉と、掲出句《けいしゅつく》とは矛盾《むじゅん》する。幸福は憧《あこが》れの中にあることもあり、安定した満足感にあることもある。幸福は「ときどき、やってくることがある」ともヘッセは言っている。（同2004年11月30日付より）

岡井隆さんの欄《らん》は「長老から大事な話を聞いている感じがした」といいます。「勇者が戦いに出て行く物語でよく、長老が『これを持ってゆくといい』と、何かあった時に身を助ける杖《つえ》などの道具を渡してくれますよね。そんなふうに、『将来どうなってしまうんだろう』『どうしたらいいんだろう』と、せっぱつまった気持ちでいた自分を、いつか助けてくれる言葉のような気がしていました」

まっさきに夜明けの風の宿る場所屋上階に旗《はた》はそよぎて

施設《しせつ》にはテレビもありましたが、「下っ端《ぱ》」だった鳥居《とりい》にテレビのチャンネル権などありませんでした。

また、たとえテレビを見られたとしても、鳥居《とりい》は通り魔《ま》殺人などひどい事件のニュースをいたたまれなくて見ていられず、「冷静に淡々《たんたん》と書かれている新聞のほうが、距離感を持って安心して読むことができた」といいます。

母が他人の痛みを自分のことと感じる人だったように、鳥居《とりい》も、事件のニュースを見聞きすると、被害者《ひがいしゃ》だけでなく被害者《ひがいしゃ》を守れなかった家族の思い、事件を起こすまで誰《だれ》にも鬱屈《うっくつ》した気持ちに気づいてもらえなかった加害者の思いなども痛々しく感じてしまうようです。

テレビでは、そうした情報が耳や目にいやが応でも流し込まれ、いろいろな人の痛みが押し寄せて心がえぐられてしまい、つらくなってしまうといいます。
それは今でも同じで、「テレビはバラエティや教育、アニメなどの番組しか見ていられない」といいます。

燃やされた戦地の人を知る刹那《せつな》フライドチキンは肉の味する

新聞はいつも、読み方の予想がつく字は国語辞典で、読み方が想像もできない字は、漢字の画数や部首を頼りに漢和辞典を引きながら読んでいました。けれども、画数は字の書き順がわからないと正確には数えられなくて、相当苦労したといいます。それでも、見当を付けた画数から、知りたい漢字を時間をかけて探していったのでした。

職員向けに施設《しせつ》に置いてあったのであろう児童心理学関係の本もよく読んでいた

といいます。

「毎日、死にたいほどつらいのはなぜなのか。その答えを知りたかったんだと思います。自分が受けているのが虐待《ぎゃくたい》だとその時は気づいていなかったということもあって、このつらさは何なのか、と自分の取扱《とりあつかい》説明書みたいなものを探していました」

生きている人より死んだ人ばかりくっきりと見える輪郭《りんかく》の縁《ふち》

人間が人間として扱《あつか》われにくい暗闇《くらやみ》の中を生きてきた鳥居《とりい》が、日常生活の中に見いだした微《かす》かな光こそ、「孤独《こどく》の中での学び」であり、新聞紙面や書籍《しょせき》を通じての、現代と過去の智慧者《ちえしゃ》との語らいでした。

周囲の大人や知り合いの中には見いだせなかった鳥居《とりい》の理解者が、そこにはいました。

義務《ぎむ》教育をほとんど受けられなかったため、お店で掲示されている「2割引き」「10％オフ」などの文言がどんなことを指すのか、いまだに鳥居《とりい》にはわかりません。

独学なので、小学校で習うかんたんな漢字でも、読み方を間違えたりします。

それでも、新聞や書籍《しょせき》から得ていたのは、与えられた知識ではなく、自《みずか》らむさぼるように吸収《きゅうしゅう》した知識と人間洞察《どうさつ》力でした。

■精神病院へ――不登校になる子どもの気持ち

中学もすぐに不登校になった鳥居《とりい》は、息苦しさに満ちた施設《しせつ》生活に耐えかね、職員に「精神病院に入院させて」と頼み込み、実際に入院させてもらったこともあります。

施設《しせつ》に置いてあった、精神科医のフロイトやユングなどが書いた心理学関係の本を読むと、親切な医師やカウンセラーが患者《かんじゃ》を助けた例がいくつも紹介《しょうかい》されていました。

そのため、精神病院に行けば、医師たちが「私のつらさをきっとわかってくれる」「よくがんばってきたねって、ねぎらってくれる」と考えたのです。


病院では医師から「病気じゃないと入院させられない」と告げられましたが「不登校だし、病気です」とねばり、「3ヶ月だけなら」と入院を許されました。

入院中は「病気でないと退院させられてしまう」という恐れから、あえて問題行動を起こしつづけたといいます。

病院の廊下《ろうか》を水びたしにしたり、「消灯《しょうとう》です」と何度注意されても電気を点《つ》けたままでいたり……。

そんな鳥居《とりい》に「つらいことがあるならいってみて」と声をかけてくれた看護師《かんごし》さんがいました。

「この人に迷惑をかけたくない」「なぜ私が問題行動を起こすのか、洗いざらい話してしまいたい」

という衝動《しょうどう》にかられましたが、

「病気でないとわかると施設《しせつ》にもどされてしまう」

「本心は誰《だれ》にもいっちゃいけない」

「片時も気を許しちゃいけない」

とかたくなに自分にいい聞かせ、「は？　関係ないね」とわざと生意気《なまいき》な口調でいい捨てて、いやな子を演じつづけました。

朝焼けを坂の上から見送れば私を遠く避ける靴音《くつおと》

看護師《かんごし》さんから「そんなことばかりしてると、誰《だれ》からも信頼《しんらい》されなくなるよ」とも注意されました。

その時も「上等《じょうとう》だよ」とつき放すように答えました。

けれども看護師《かんごし》さんが去ってから、

「私は好きなのに、あの人きっと、私のことをきらいになっただろうな」

「私だって本当はみんなに迷惑かけるようなことしたくない。でも仕方ないじゃん」

と、泣きたい気持ちを我慢《がまん》していたといいます。

なみだを流すことさえも「目がはれて泣いたとわかったら本心がバレてしまう」

と思い、こらえていたのです。


病院では入院した初めのころから、近くの学校に通うように指導されていました。

鳥居《とりい》自身も、学校に行きたいと思っていました。

しかし、「不登校が治ってしまうと、すぐに施設《しせつ》にもどされてしまう」と考えてしまい、学校に行くことはできませんでした。

そんな鳥居《とりい》に看護師《かんごし》さんは、「そんなことで将来どうするの」「中卒ではなかなか仕事にも就《つ》けないよ」「今、学校に行って訓練《くんれん》しないでおいて、社会に出てからどうやって生きていくの」と諭《さと》してくれたといいます。

でも、どれも全部自分でも考えていたことばかりで、「将来どうするか」をいちばん不安に思っているのも自分でした。

「将来どうするのか、仕事にも就《つ》けず、社会でもやっていけないのなら、死ぬしかないのかな」と考えたことも、何度もありました。

未来は真っ暗で、何の夢も希望もないように思えていました。

このため諭《さと》されるたびに、「心が引き裂《さ》かれるようでつらかった」といいます。

病室は
豆腐《とうふ》のような静けさで

割れない窓が一つだけ在る

それでも「学校へ行くか、どうか」は、鳥居《とりい》にとって「死ぬか、生きるか」の問題で、行くことはできなかったのです。

「不登校が治った」と判断されて養護施設《ようごしせつ》にもどされれば、食事や服も満足に与えられず、熱湯をかけられたり暴力を受けたりする日々に逆もどりすることになるからです。

学校に行きたくても、生き抜くことと天秤《てんびん》にかけた時には、行かない選択をするしかありませんでした。

それで、その後も鳥居《とりい》は相変わらず学校へ通えないままでした。

居心地《いごこち》がよくて長くいたかった病院でしたが、約束の3ヶ月を過ぎたころ、施設《しせつ》にもどされてしまいました。

けれども、鳥居《とりい》が学校に通えないでいると、施設《しせつ》側は、

「不登校が治っていないのであれば、うちではもうこれ以上預かれない」

と、鳥居《とりい》の受け入れを拒否《きょひ》しました。

このため、施設《しせつ》と病院の人たちが話し合い、鳥居《とりい》は再び精神病院に入院することになります。

「学校に通わなかったら、また病院に入れるかも、という期待もありました。でもそれだけではなくて、これは他の不登校児たちにお話を聞いても共通することなので、ぜひお伝えしたいのですが——一度、何ヶ月も、半年も行かなくなった学校に、再び通い出すのは、すごく難しいんです。

学校というのは集団生活の場なので、友達がいなくなっていると、〝次、理科室で実験だよね？〟〝宿題やった？〟といった小さな情報交換ができない——これが、いたたまれないんです。もちろん、学力もついていないので、授業もさっぱりわかり

ません。みんなが当たり前に、普通にこなしていることが、自分にはとても難しく感じます。

もうレールから外れてしまったんだ、普通には暮《く》らせない、あるいはもう生きていけないのかもしれない――子ども心にそう感じていました。〝社会はもっと厳しいぞ〟と普段からさんざんいわれていましたから。なので、不景気で、普通の人でも職がないというし、義務《ぎむ》教育が終わったら、自分は死ぬしかないんだろう、と思って生きていました。きゃっきゃいいながら通学路を帰る生徒達がまぶしくて、むなしくて――未来をあきらめきっていました」

これからも生きる予定のある人が三か月後の定期券買う

2度めの入院では、自分から「入りたい」といった最初の入院の時とは違い、悪い子を演じる必要はありませんでした。

「3ヶ月」という期間の制限もありませんでした。

その後、鳥居《とりい》は1年以上を病院で過ごすことになりますが、病院は清潔《せいけつ》で、施設《しせつ》にいた時のように誰《だれ》かから暴力をふるわれることもなく「安全」でした。

食事の心配もせずに済み、この時期は安心して暮《く》らせたといいます。

精神病院に付属する、精神科の治療《ちりょう》を受けている子どもだけが通える中学校に通うこともできるようになりました。

その中学校は、精神病院の敷地《しきち》内にある、全学年の生徒を合わせても1クラス分ぐらいしか人数がいない、小さな学校です。授業は、それぞれの生徒にプリントの問題を解かせる「自習」形式でした。

クラス中「いつも通り」を装《よそお》って良い子の顔でいじめがすすむ

■唯一《ゆいいつ》の友達からの最期《さいご》の問いかけ

このころの鳥居《とりい》は、度重なる困難に加えて、いわゆる「思春期《ししゅんき》」だったせいか、身の回りの人や出来事すべてを「むなしい」「どうでもいい」と感じていました。

「あなたのため」などという大人の言葉の裏を読んで、汚《きたな》さや理不尽《りふじん》さを感じ、かといって「世の中は理不尽《りふじん》なもの」と受け入れられるほどタフでもなく、うつろな気分で過ごしていました。

新しく入った精神病院付属の中学校には一人、クラスじゅうからいじめられている女の子がいました。

鳥居《とりい》も、その学校に行くと、クラスのほかの友達から、

「鳥居《とりい》ちゃんも、あの子とかかわらないほうがいいよ」

「あの子と付き合うと、鳥居《とりい》ちゃんまでいじめられるかもよ」

と、一緒《いっしょ》にその女の子を仲間外れにするように助言されました。

しかし、集団で群れることも、いじめに加担《かたん》することも性《しょう》に合わないと感じていた鳥居《とりい》は、そのいじめられていた女の子に「しゃべりたければしゃべる、しゃべりたくなければしゃべらない」という態度をとりつづけました。

すると、その子は「唯一《ゆいいつ》話しかけてくれる人」となった鳥居《とりい》を慕《した》い、いつも近くにいるようになりました。体育の時間に班《はん》やペアを組む時にも「一緒《いっしょ》にやろう」と話しかけてきました。

帰りもいつも一緒《いっしょ》に帰り、放課後も、近所のショッピングセンターなどで一緒《いっしょ》に過ごしました。

夏服の白さをまとう友達がどこか淡くて手をつなぎおり

いつしか心を通い合わせるようになっていたその子に、鳥居《とりい》は「死にたい」気持ちをたびたびうち明けました。

実際に一人で、繁華街《はんかがい》まで出かけて高層ビルを探し、上ってみて、その経験を報告したこともありました。

ある日の放課後、「寄り道して帰ろっか」とどちらからともなくいって教室を出ると、その子と学校の近所をふらふら歩きました。

踏切《ふみきり》の前にさしかかり、開くのを待っていた時のことです。

その子が突然《とつぜん》、

「あ、急行だ」

と、近づく電車を見ていい、ぱっと駆《か》けだして踏切《ふみきり》の黄色と黒の縞々《しましま》の棹《さお》をつかんでくぐりました。

「え、ちょっと待って！」

驚《おどろ》いた鳥居《とりい》がとっさに声を出すと、線路の上にしゃがみこんだその子はただひと言《こと》、

「え、なんで？」

と、返事しました。

次の瞬間《しゅんかん》、急行列車は目の前を通り過ぎて踏切《ふみきり》は開き、鳥居《とりい》は線路に近づいて友達が座っていたはずの場所を見つめました。

そこにはハンカチぐらいの大きさの紺色《こんいろ》の制服の切れ端《はし》が散乱していて、彼女《かのじょ》は一瞬《いっしゅん》のうちに消えてしまっていました。


警報《けいほう》の音が鳴り止み遮断機《しゃだんき》が気づいたように首をもたげる

線路の先には、異変を察知《さっち》したのか、電車が何もないところで止まっていました。

鳥居《とりい》は何が起きたのか理解できず、

「どこにいるの？」

「さっさと出てきてよ」

「一人で帰っちゃうからね」

といいながらしばらく辺りをウロウロしていました。

通りがかった女性に「ちょっとすみません」と声をかけ、「普通、電車に轢《ひ》かれたら血とか飛び散りますよね?」と尋《たず》ねてみましたが、女性は驚《おどろ》いて小走りに過ぎ去ってしまいました。


鳥居《とりい》はどうしていいかわからないまま、病院に帰って、

「○○ちゃんが踏切《ふみきり》のところで、よくわからないんだけどたぶん、死んじゃった」

と看護師《かんごし》さんに告げました。

看護師《かんごし》さんは初めは信じようとしませんでしたが、

「本当なんです」

「現場を見に行ってください」

という鳥居《とりい》の説得を聞くうちに、事態《じたい》の重大さに気づき、結局、友達の自殺が確認されました。

そしてその日のうちに病院じゅうに知れわたって、大騒ぎになりました。

中学2年生のクリスマスイブのことでした。


君が轢《ひ》かれた線路にも降る牡丹《ぼたん》雪「今夜は積もる」と誰《だれ》かが話す

「後追い自殺をするかもしれない」と心配した院長が手配して、鳥居《とりい》は個室に移されることになりました。

そこは独房《どくぼう》のようにしっかりとしたドアで廊下《ろうか》からへだてられた部屋でしたが、クラスメートたちがドアの前に押し寄せ、

「○○ちゃんは、なんで死んだの?」

「鳥居《とりい》ちゃん、見てたの?」

と、鳥居《とりい》を質問ぜめにしました。

数日後に行なわれたお葬式《そうしき》の日。

鳥居《とりい》は、彼女《かのじょ》が「好き」といっていた学校の校舎《こうしゃ》の裏に咲いていた赤い花をありったけちぎり、花束のように手に持って、お葬式《そうしき》に参列しようとしました。

しかし、大人たちからは、

「そんな赤い花をお葬式《そうしき》に持ってこられては困る」

と止められ、会場の前で立ち尽《つ》くすしかなかったといいます。

お葬式《そうしき》の会場では、日ごろ、彼女《かのじょ》を無視して仲間外れにしていたはずのクラスメートたちが、悲しそうになみだを流して泣いていました。

しかし、ほんの2、3ヶ月もすると、何ごともなかったかのように、彼女《かのじょ》の死を口にする人もいなくなりました。

正面に笑った君の写真ありそれを見て泣く知らぬ人々

1年たった命日の日にも、友達が亡くなった線路には花束もなく、クラスメートは何ごともなかったかのように、楽しげに過ごしていました。

しかし鳥居《とりい》は彼女《かのじょ》の死後ずっと、「自分のせいで、彼女《かのじょ》は死んだんじゃないか」と思い、悩みつづけていました。

「消えたいな」と鳥居《とりい》が話す、そのたびに生前の彼女《かのじょ》は、

「死なないで。私が寂《さび》しくなるから」

「私がつらくなるからやめて」

といってくれていましたが、

「そんなこといったって、死にたいんだから仕方ないじゃん」

「関係ないじゃん。ちょっと時間がたてば忘れるよ」

と返していました。

自分が「死にたがり」でなければ、彼女《かのじょ》も死のうなどと考えなかったのかもしれ

ない——鳥居《とりい》はそう考えて今も自分を責めています。

「え、なんで？」

友達の最期《さいご》の言葉を、鳥居《とりい》は、

「なんで生きなきゃいけないの？」

という問いだと受け止めました。

彼女《かのじょ》は鳥居《とりい》にその問いを残したまま、この世を去っていってしまったのです。

灰色の空見上げればゆらゆらと死んだ眼に似た十二月の雪

「聞くだけ聞いておいて、どうして答えを待たないの」「返事するまで待っていてよ」——鳥居《とりい》は彼女《かのじょ》の死後、そう思いました。

しかし同時に、彼女《かのじょ》がその返事を待ったとしても、自分は、

「なんで生きるのか」

という問いに対する答えを持っていないことにも気づきました。

理不尽《りふじん》なことの多い世の中で、将来どう生きていくかのあてもない自分に、「なんで生きるのか」の答えなどわかりません。

死のうとする者を、生きる方向へと説得できる言葉を持っていない無力さを、この時、強く、強く思い知らされたのでした。


真夜中の樹々は切り絵になりすましもう友のない我にやさしい

■つらいことばっかりで、なぜ生きないといけないのか？

「なんで生きないといけないかの答えは、今もわからない」

と鳥居《とりい》はいいます。

「借金を抱え、ＤＶ（ドメスティック・バイオレンス＝親しい人からの暴力）も受けていて、詐欺《さぎ》にもあって……と良いことがないままの人がいたら『きっといつか良くなるから』なんていう言葉は無責任。『死なないでほしい』とこちらの希望を押しつけるのも身勝手。その人のつらさを肩代《かたが》わりもできない。『それはつらいよね』としかいえないし……『手をつなぐこと』ぐらいしか、思いつかない」

先に記したように、幼いころ、鳥居《とりい》が寝付《ねつ》かれないと、母は手をつないでくれました。

鳥居《とりい》にとって、「手をつなぐ」ことは、相手を安心させる愛情表現なのです。

友達を救えなかった罪悪感《ざいあくかん》と無力さ――鳥居《とりい》は自分への戒《いまし》めとして、1年後に、友達が死んだ踏切《ふみきり》の前へ行き、カッターナイフで腕《うで》に傷を付けたといいます。

「精神科だってさ」過ぎる少年は大人の声になりかけていて

その友達の死をみんなが忘れ去っていることに対するむしゃくしゃした気持ちもあり、「キャベツを千切りにするかのように」サクサクと何度も傷を刻みつけました。気がついた時には傷は百数カ所にもなり、腕《うで》は血だらけになっていました。
「どうせなら人間の煩悩《ぼんのう》の数だけ、刻みつけよう」
と、傷を108つにしたところで、入院中の精神病院への道を急ぎました。

病院に帰り、病院の人々に知られないようにトイレットペーパーを手に入れると腕《うで》をぐるぐる巻きにし、その上から長そでの服をはおって傷を隠しました。

腕《うで》を切り付ける時には痛みを意識しなかったのに、血が乾《かわ》くとともに皮膚《ひふ》に張りついてしまったペーパーをはがすのは「とても痛かった」といいます。

生まれたくなかっただけと包み込む左手首の白い傷痕《きずあと》

　それから何日かして、院長先生と主治医の先生が、車で墓参《はかまい》りに連れて行ってくれることになりました。

　施設《しせつ》で過ごしてきた鳥居《とりい》にとって、家族が使うような４人乗りの乗用車に乗るのは「特別」なことでした。

「私たちが墓参《はかまい》りに行くことが、ご遺族《いぞく》を傷つけることになるかもしれない」

　墓参《はかまい》りへの道中、医師から聞いた言葉は鳥居《とりい》にとって意外なものでした。

「私たちは自殺をさせないように治療《ちりょう》をしなきゃいけないのに、事故を起こしてしまい、ご遺族《いぞく》は私たちをさぞ恨《うら》んでいるでしょう」

「墓参《はかまい》りされたら迷惑と思うかもしれないから、内緒《ないしょ》に、ね」

　想像もしなかった「大人の事情」を知った鳥居《とりい》は、

「だから遺族《いぞく》に会わないように、こんな大雪の日を選んだのかな」

と思うと同時に、

「こんないい人たちでも恨《うら》まれていると反省している。だったら、目の前で飛び込んでいるのを見ていた私はもっと重罪なはず。『なんで止めなかった』といちばん、恨《うら》まれているのは私だ」

と考え、うつろな気持ちで雪を眺《なが》めました。

ご遺族《いぞく》に会わないように大雪を選んで向かう友だちの墓《はか》

その帰り道。

海岸沿《ぞ》いの道路を走っていた時、鳥居《とりい》は「止めて。ここで降りる」と、車を止めてもらいました。

そして、「ダメだよ」という医師の制止をふり切って、海岸に向かって駆《か》けだしました。

真冬だったため波打ち際は凍《こお》っていて、沖に向かってシャリシャリとシャーベット状になっていたそうです。

その海岸では、戦後10年目の1955年7月28日に、地元中学校の女子生徒36名が水死した「女子中学生集団水死」事件がありました。

生き残った生徒の一人は、友達が吸い込まれるように波間に姿を消していく水面に、防空頭巾《ぼうくうずきん》をかぶり、もんぺをはいた何十人という女が泳いできていて、その白い顔が近づいて自分も足を手でつかまれ、ものすごい力で下へ下へと引きずりこまれていった、と証言したという伝説が残っています。

戦時中、その海岸には空襲《くうしゅう》で亡くなったたくさんの人たちの遺体《いたい》が埋《う》められたのだそうです。

このため、この地域では「死者の霊《れい》に引きずりこまれるから、霊《れい》が帰ってくるお盆の時期には海岸に近づいてはいけない」という言い伝えがありました。

真冬の氷水のような海の中へ駆《か》けだしていった鳥居《とりい》でしたが、この時は一緒《いっしょ》にいた医師たちに助けられて、全身水浸《びた》しになりながらも、一命を取りとめました。

夜の湖《うみ》に君の重みを手放せば陶器《とうき》のように沈みゆく首

第五章　孤独

■母の敵だった実家へもどった鳥居《とりい》を待ち受けていたもの

友だちが亡くなった後、再び不登校になった鳥居《とりい》は、中学を形の上でだけ卒業すると、病院を出て、三重県にあった母の実家へと移り住みます。

亡き母に、敵だと思うようにいわれてきたあの祖父母《そふぼ》の家に、もどることになったのです。

祖父《そふ》はすでに亡くなっていたため、残された家族である祖母《そぼ》と2人で暮《く》らすようになりました。

死者のない家はあらざり故郷の夕日はいつもゆっくり沈《しず》む

祖母《そぼ》は、鳥居《とりい》のことを、孫が帰ってきたというより、介護《かいご》のヘルパーさんが来たかのように扱《あつか》い、自分の身の周りの世話をあれこれと命じました。

後からわかったことですが、祖母《そぼ》のところには、ある親類から、「孫だから仲良くやっていきたい、なんていっていたけど、そんなこと思っちゃいけない」

「その子はわが家にとって恥でしかない」

などと書かれた手紙が届いていたのです。

祖母《そぼ》の冷たい対応は、そんな手紙に影響《えいきょう》されていたのかもしれません。

その親類は、鳥居《とりい》にほとんど会ったこともないのに、祖母《そぼ》の家に身を寄せた鳥居《とりい》を毛嫌《けぎら》いしていました。

早朝の八百屋《やおや》は群青《ぐんじょう》色をして植物だけが呼吸《こきゅう》している

祖母《そぼ》の家で暮《く》らし始めてから、鳥居《とりい》は昼間はアルバイトをして働き、夜は定時制高校に通い出しました。

「大学へ行きたい」という夢があったからです。

定時制高校は夜間にも授業をする高校です。クラスメートには働きながら勉強している子が多く、ほかの高校で不登校になった子、知的障害を持つ子や外国籍《がいこくせき》の子もいました。

そのころ、鳥居《とりい》がしていたアルバイトは、青果《せいか》店の品出しや書店員、倉庫の荷物のあげおろしなど、さまざまでした。半日近く働く日もざらでした。

そして、家では、祖母《そぼ》が「背中をかいて」「うちわであおいで」と、鳥居《とりい》を5分、10分おきに呼ぶことがしばしばありました。

鳥居《とりい》が「テスト前で、少しじっくり勉強したいの」といおうものなら、

「近所のやくざの人に来てもらうよ」

「〇〇（鳥居《とりい》を毛嫌《けぎら》いしている先の親類）を呼ぼうかな」

とおどすようにいったといいます。

遊ぶ時間はおろか睡眠《すいみん》時間を削《けず》っても、勉強に打ち込める時間はほとんどありま

せんでした。

今日も朝。毎日朝が流れ出し私の夜を殺してしまう

学校では、クラスメートたちが楽しげで、キラキラと輝《かがや》いて見え、その輪の中には入っていけない感じがありました。

働きながら学校に来ている子でも、携帯《けいたい》電話の料金は親に払ってもらっていて、「携帯《けいたい》を使いすぎて親に怒《おこ》られた」「勉強しろって、親がうるさくて」などと愚痴《ぐち》をこぼしていました。

それが鳥居《とりい》には、自分とは縁遠《えんどお》いまぶしい世界に思えたのです。

家族に甘えることもできず介護《かいご》に追われ、働きずくめで疲《つか》れきってもいた鳥居《とりい》は、クラスメートたちとへだたりがあり、

「施設《しせつ》にいた時とはまた違った孤独《こどく》を感じていた」

といいます。


とはいえ、美術が好きになった鳥居《とりい》は、夜間学校で美術の同好会を作り、コンクールに応募《おうぼ》した絵が、博物館に展示されたこともありました。また、文化祭で美術の展示会を開いたりすることで、ついには同好会を「美術部」へと昇格《しょうかく》させることもできました。


また、アルバイトに忙殺《ぼうさつ》される厳しい生活の中でも、体育とＩＴ（情報技術）の教科以外は、学年トップの成績をとることができました。

けれども実際は、どの科目も、ひたすら丸暗記して、テストの点数を稼《かせ》いだにすぎませんでした。

それまで小中学校の勉強をろくにしてこなかったために、どの教科も体系《たいけい》だてては理解していない、学校の勉強を本当にはわかっていない、というむなしさも感じていました。

認知症《にんちしょう》が出始めていた祖母《そぼ》は、家の廊下《ろうか》に糞尿《ふんにょう》をたれ流すこともありました。介護《かいご》とアルバイトと学業をすべてこなすことに限界を感じた鳥居《とりい》は、定時制高校に通い始めて半年ほどたったころに、ついに休学届けを出します。

泣き疲《つか》れ夕暮《ぐ》れになる日曜日ペットボトルの無色溢《あふ》れる

また、生活面でも困ることが多くありました。

水道がつまった時は、どうしたらよいのか。国民健康保険や年金はどう処理したらいいのか。〝自分にとっての「保護者」である祖母《そぼ》の分まで自分がしっかりしなければ〟という思いが鳥居《とりい》にはありました。しかし、

「オオカミに育てられた少女の話がありますが、施設《しせつ》と病院を出ただけの私は〝オオカミに育てられた子が急に人間社会に来た〟というぐらい、違う世界に出てきた感じがありました」

帰りたい場所を思えり居場所《いばしょ》とはあの日の白い精神病棟《びょうとう》

施設《しせつ》から出たばかりで何も知らない、まだ16歳の自分を気に懸《か》けてくれる人は誰《だれ》もいませんでした。

そして、祖母《そぼ》と暮《く》らし始めて1年もしないうちに、祖母《そぼ》は腰などの体の痛みを訴《うった》えて、入院しがちになっていきます。

結果、鳥居《とりい》は一人で暮《く》らすようになりました。

一人で迎《むか》えた誕生日《たんじょうび》のこと。

鳥居《とりい》は、入院中の祖母《そぼ》に「何か持っていく物はない？」と電話して聞きました。

そして、「ないよ」と答える祖母《そぼ》に、

「今日、何の日か知ってる？　私、誕生日《たんじょうび》なんだ」

といってみました。すると祖母《そぼ》は電話口で、

「なんや金か？　金がほしいんか？」

といってきます。寂《さび》しい思いで、

「おめでとうって、いってほしかっただけ」

と返すと、

「ほな、おめでとう。これでいいか」

と冷たく返されるだけでした。


傘《かさ》の穴洩《も》れて零《こぼ》れる雨粒《あまつぶ》が今ゆっくりと頰《ほお》つたいおり

「おばあちゃんの家族はみんな、高学歴の人ばかりでした。元気なころのおばあちゃんは塾《じゅく》を経営していて、生徒を志望校に合格させていたし、定時制高校に通う孫など、みっともないと思っていたのかもしれません」

と、鳥居《とりい》は話します。

祖母《そぼ》の家に鳥居《とりい》が一人でいると、例の親類から「殺すぞ！」と電話がかかってきました。留守番《るすばん》電話の応答に任せていると、

「そこにいるのはわかってるんだぞ！」

と大声でどなりつづける声がしていました。

留守《るす》の間に窓ガラスを割って家に押し入り、家の中を荒らしていったり、「今度会ったら殺す」と脅迫《きょうはく》する文面の置き手紙を残していったりしたこともあります。

家にいつ押し入ってくるかわからない親類から逃《のが》れるために、鳥居《とりい》は公園で野宿《のじゅく》をしたり、誰《だれ》もいない夜の学校のそうじ用具入れの中で過ごしたりするようになります。

「すぐに逃《に》げられるように」、浅《あさ》く眠るくせもつきました。

今でも、人の気配《けはい》がしたりすると、眠れません。

不安のあまり、押し入れの中で身を潜《ひそ》めるようにして眠ることや、恐怖心《きょうふしん》を麻痺《まひ》させるため睡眠薬《すいみんやく》に頼る日々がつづいています。

錠剤《じょうざい》は財布《さいふ》のなかで押し出され欠けた薬の粉がちらばる

いつしか鳥居《とりい》は、人が心底、恐くなってしまっていました。

1つの仕事もなかなか長くつづけられなくなっていました。

いつも、どこにも「居場所《いばしょ》がない」感じがしていて、家の外へ出る気力もなくなっていきました。

本を読んでいる時だけが、いやなことを忘れられる時間でした。

祖母《そぼ》の家で一人暮《ぐ》らしをしていたそのころは、ミヒャエル・エンデの『モモ』など、現実とはかけ離れた世界の物語を読んでいたといいます。

■緑に囲まれた老人ホームで

祖母《そぼ》はある日突然《とつぜん》、入院していた病院からいなくなってしまいました。お見舞《みま》いに行った鳥居《とりい》が、祖母《そぼ》がいないことに気づいて「えっ?」と驚《おどろ》き、病院の看護師《かんごし》さんに尋《たず》ねると、「老人ホームに行った」とのこと。

どうやら例の親類によって、老人ホームに移されたようでした。

しかし、誰《だれ》かから口止めされているのか、どこの老人ホームへ行ったのかを聞いても、看護師《かんごし》さんは教えてくれません。

そうして、祖母《そぼ》は、老人ホームに移って何年かしてから死去《しきょ》するのですが、鳥居《とりい》は祖母《そぼ》が老人ホームにいる間ずっと祖母《そぼ》には会わせてもらえず、死に目にすら会うことはできませんでした。

祖母《そぼ》が病院から消えて数年後に、鳥居《とりい》は一度、老人ホームを探し当てて、祖母《そば》に会いに行ったことがあります。

「人生で、何かやり残したことはないか」と、若い鳥居《とりい》が思いつめた時があったのです。

結果、「一人は寂《さび》しい」「家族がほしい」「家族に愛されたい」「家族と仲良くなりたい」という思いが強くなり、祖母《そぼ》を訪ねることにしたのでした。

母はかつて、祖父母《そふぼ》と折り合いが悪く、鳥居《とりい》を連れて東京に逃《に》げるように出て行きました。

そして生活に疲《つか》れ、精神的に追いつめられて、自殺しました。

鳥居《とりい》は母から、祖父母《そふぼ》のことをののしるようにいわれもしていて、2人を「お母さんの敵だ」とまで思っていました。

母が亡くなった時にも、アパートを引き払う手つづきなどをするために上京した祖母《そぼ》は、なみだひとつ見せず、母が自殺したことを、誰《だれ》にもうち明けませんでした。

鳥居《とりい》には、祖母《そぼ》が母の死を悲しんでいるようには見えず、祖母《そぼ》は「冷淡《れいたん》な人」で「最愛のお母さんを自殺に向かう方向へ追いやった人」だとさえ思っていました。

けれども、「家族がほしい」という望みをたくせる唯一《ゆいいつ》の人は、もはや祖母《そぼ》だけでした。

「不信感も憎しみも捨てて、おばあちゃんを愛そう」

そう決心をして、三重県から数時間をかけて、祖母《そぼ》がいる老人ホームまで、はるばる出かけたのでした。

鳥居《とりい》はホームを訪れる前にこう考えていました。

「『私は愛したんだから、あなたも愛し返して』という見返りを求める愛は、利己《りこ》的な愛。それでは相手に見破られてしまうし、本当の愛じゃない。たとえ最愛の人を死に追いやった人であろうと、見返りを求めることなく、自分から愛そう」

調べてあった住所をたどって老人ホームを見つけ、受付で「孫です。面会に来ました」と告げると、職員から「面会の予約はしていますか?」と聞かれました。

「していません」と答えると「お待ちください」と、しばらく待たされました。

そしてもどってきた職員の口から出てきたのは、

「申し訳ありませんが、会わせることはできません」

という、まさかの返事でした。鳥居《とりい》は思わず、

「なんでですか?」

と尋《たず》ねました。なみだが浮かんできました。

職員は会えない理由を話してはくれず、祖母《そぼ》自身の意思なのか、誰《だれ》かに面会を禁じられているのかはわかりませんでした。

「唯一《ゆいいつ》の家族なのに、このまま……会えないまま死んじゃったらどうするんですか?」

「私はおばあちゃんと一生、話ができないんですか?」

「話ができるのは、今日が最後かもしれないのに!」

「たった一人の家族なのに」「会いに来たのに……」

そういって泣く鳥居《とりい》に、職員は見かねたのか、

「会わせることはできませんが、手紙を書きますか。それを渡すだけならできます」

と伝え、鳥居《とりい》に小さなメモ用紙を渡しました。

鳥居《とりい》はそこに手紙を書くことにしました。

本当は、会って話したいことがたくさんありました。

「おばあちゃんって小さいころ、どういう子だったの」

「どういうふうに生きてきて、どんな人なの」

「お母さんは、どんな子だったの」――

祖母《そぼ》のこと

語らぬ母が一人ずつ雛人形《ひなにんぎょう》を飾《かざ》る昼すぎ

鳥居《とりい》が幼かったころには、まだ家族の仲がよくて、団らんの思い出もありました。

けれども、祖母《そぼ》と二人きりで一緒《いっしょ》に暮《く》らしていた短い月日。

祖母《そぼ》との会話らしい会話は、ほとんどありませんでした。

わずかに思い出せる温かい会話は、白いブラウスを着ていた鳥居《とりい》に、祖母《そぼ》が、

「似合《にあ》ってるね」

といったことと、鳥居《とりい》の携帯《けいたい》電話の着メロが鳴った時に、

「きれいな曲だね」

といったことぐらいでした。

その時、鳥居《とりい》が着メロにしていたのは、宇多田ヒカルの「誰《だれ》かの願いが叶《かな》うころ」でした。誰《だれ》かが喜べば、別の誰《だれ》かが悲しんでいる、みんなの願いが同時に叶《かな》うことなどない、といった内容の歌です。

「わが家はどこで歯車《はぐるま》が狂《くる》ってしまったの」

「なんでこんなふうになってしまったの？」

腹を割って、祖母《そぼ》と初めて、そんな話もしてみたいと考えていました。

しかし、その時の鳥居《とりい》に許されたのは手紙を書くことだけ。しかも、手元にあったのはメモ用の小さな紙。そこに、思う限りの愛を伝える言葉を書かなくては――

鳥居《とりい》が職員に、「おばあちゃんは元気なんですか。生きてるんですか。もう家族が死ぬのはいやなんです」と尋《たず》ねると、職員はうなずいて、「元気ですよ」とだけ教えてくれました。それを聞いて、

「これ以上、求めちゃいけないんだ。無条件《むじょうけん》の愛を示さなきゃ。〝愛し返してほしい〟なんていう邪念《じゃねん》があったら、伝わってしまう」

とあらためて思いながら、書いたのは、

「ここは緑が多くて、いい場所ですね。おばあちゃんが元気だって聞いて、うれしく思います」

という短い文でした。

そこは郊外《こうがい》にある、緑に囲まれた老人ホームだったのです。

「お花さん痛い痛いよ」って祖母《そぼ》は言う花占いに夢中の我《われ》に

第六章　光明

■自分を否定しないですむ居場所《いばしょ》

「殺すぞ！」

ある親類から受けていた嫌がらせは、祖母《そぼ》が老人ホームへ移ってから、次第に命の危険を感じるほどになり、鳥居《とりい》は近親者や身内からの暴力に悩む女性たちが入る一時避難所《ひなんじょ》〝ＤＶシェルター〟に入ることになります。

ひたひたと廊下を歩く　ドアがあく　イスに座って　被害《ひがい》を話す
「突然《とつぜん》のことだったので、わかりません。」筆記の音が静かに響く
冗談《じょうだん》を笑い合う人それぞれに打撲《だぼく》や骨折《こっせつ》痛む体で

次々と友達狂う　給食の煮物おいしい　DVシェルター

暴力から逃《のが》れてきたはずの場所でしたが、鳥居《とりい》がお世話になったDVシェルターは、あまり心おだやかに過ごせる空間ではありませんでした。

一緒《いっしょ》にいたのは、暴力団《ぼうりょくだん》組員の妻や、フィリピンからだまされるように日本に連れてこられて風俗《ふうぞく》産業で働かされていた女性、結婚詐欺《さぎ》にあったという女性などでした。

あまりにぎゅうぎゅうづめの空間で暮《く》らしていたストレスのためか、入所者の間には序列《じょれつ》ができていて、下の者は上の者に従わなくてはならない緊張感《きんちょうかん》もありました。

そうじに使うぞうきんの干《ほ》し方ひとつで、「干《ほ》す順番が違う！」と罵声《ばせい》が飛びかう場所でした。

とはいえ、鳥居《とりい》はここで、日本語が不自由なフィリピン人女性と交流するなどして、裏社会や底辺に生きる女性たちの過酷《かこく》さと同時に、その優しさについて学ぶことになります。

短歌に出会ったのは、そんななかでした。

DVシェルター内で一時的に許可される外出時間に図書館へ行った鳥居《とりい》は、「このいやな現実から、なるべく遠い世界を」と、時代も内容も現実から遠そうな内容の本を求めて書棚《しょだな》をながめていました。そして目にとまったのが、歌集（短歌の本）が置いてある棚《たな》だったのです。

その時、鳥居《とりい》は1冊の歌集をなにげなく手にとりました。穂村弘《ほむらひろし》さんの歌集『シンジケート』（沖積舎《ちゅうせきしゃ》）です。

そしてページをめくるうちに、その中の一首に引き込まれました。

〈体温計くわえて窓に額つけ「ゆひら」とさわぐ雪のことかよ〉

寒い冬の日。家の中の暖かい部屋で、体温計をくわえた病み上がりの子どもが窓に額《ひたい》をつけ、目を見開いて「ゆひら（雪だ）！」と騒いでいる。それをそばで見ている父親が「雪のことかよ」と、「なーんだ」という顔をしてながめている——「そんな温かい家庭の光景が頭の中に広がりました。そして、幸せな気持ちになりました」

その歌を読んだ瞬間《しゅんかん》、自分を包んだ幸福感は、今も鳥居《とりい》の胸に残っています。

その後、短歌に関しては、もう1冊、大きな出会いがありました。鳥居《とりい》がホームレス生活を経て大阪に移り住んだ後のことです——それは『吉川宏志《ひろし》集』（邑書林《ゆうしょりん》）との出会いでした。

その中の一首に、鳥居《とりい》は引き込まれました。

〈洪水の夢から昼にめざめれば家じゅうの壜まっすぐに立つ〉

呼吸《こきゅう》を奪い、死につながるはずの洪水《こうずい》。けれどもその大量の透明《とうめい》な水は美しく、息がつまって死ぬ間際でさえも見とれてしまう。

そして夢かうつつか、あやふやな白昼夢《はくちゅうむ》から目覚め、まだぼんやりとした意識の中で、とてつもなく大切なことに気づく予感がする。

気がつけば、家の中のありとあらゆる壜《びん》がまっすぐに立っている。

怪奇《かいき》現象のような、不思議な違和《いわ》感のある光景だ。その壜《びん》には自分の呼吸《こきゅう》を奪った美しい水が入っているかもしれない。

その水の美しさは、死と結びついているのだ――

「一首の中に死と美しさ、そして違和感《いわかん》が果てしない広がりを持って詠《よ》み込まれている」ことに、鳥居《とりい》は感銘《かんめい》を受けたのでした。

「この短歌は椎名林檎《しいなりんご》さんの歌『la salle de bain』（ラ・サル・ドゥ・バン。フランス語で〝浴室〟の意）の世界観に、少しだけにおいが似《に》ているとも感じます」

鳥居《とりい》は私に説明しました。

その歌のプロモーションビデオでは、椎名林檎《しいなりんご》さんがバスタブのような穴《あな》に、へりにもたれるようにして入り、気だるそうに歌い始めます。

暗く陰鬱《いんうつ》な雰囲気《ふんいき》の画面に、泡《あわ》のようにたくさんの光が立ち上っていく、美しい映像です。

多くの思いや、言葉にしがたい情感や情景を、ごく短い言葉に結晶《けっしょう》化させる〝短歌〟という文学の美しさ――が、絶望と厭世観《えんせいかん》（世の中を厭《いと》わしく思う人生観）の底にいた鳥居《とりい》の心を貫《つらぬ》いたのでした。

短歌には、自分と同じ「孤独《こどく》のにおい」がしたのだといいます。

「孤独《こどく》なのは、自分だけじゃないんだ」――歌を読んでそんな実感がわいたといいます。

それらの短歌と出会って以来、鳥居《とりい》にとって、短歌は〝目の前の「生きづらい現実」を異なる視点でとらえ直すもの〟になりました。

自分を否定しなくて済む「居場所《いばしょ》」となったのです。

「人が生きていくには、現実以外の場所が必要。だからみんな、映画を見たり、ディズニーランドやユニバーサルスタジオに行ったりするんだと思うんです。私にとって生きていくのに必要な別の場所は、短歌や本の中にありました」

義務《ぎむ》教育もほとんど受けてこなかった鳥居《とりい》の心は、〝学ぶ〟ことに飢《う》えていたのかもしれません。

心動かされる〝短歌〟と出会ってから、鳥居《とりい》はその世界や技法《ぎほう》を学ぶことに、少しずつのめりこんでいくことになります。

そしてその〝学びたいという欲求〟こそが、次第に、長らく暗闇《くらやみ》の中にいた鳥居《とりい》を導《みちび》くかすかな光、生き抜いていくためのよすがとなっていくのです。

■住むところもなく、すべてを失って

じきにDVシェルターを出ると、鳥居《とりい》は里親のもとに身を寄せました。里親になってくれた家庭は、いくつかありました。

しかし、里子のことを、公《おおやけ》から補助金をもらいながら雇《やと》える小間使い、と思っているような家庭が中にはあるのも現実です。

とりわけ鳥居《とりい》の場合はもう小さな子どもではなかったためか、きょうだいの世話などをする働き手として扱《あつか》われてしまい、愛情を感じる経験はできませんでした。

前述の祖母《そぼ》の死を知ったのは、そうした里親の家にいた時のことです。

鳥居《とりい》のもとに弁護士《べんごし》から、祖母《そぼ》の財産分与《ぶんよ》に関する手紙が届きました。

けれどもいつ、どこで亡くなったのか。それすらわかりません。

葬式《そうしき》にも参列できませんでした。

その手紙からわかったのは、祖母《そぼ》の口座にあったお金はすでに使いきられていて、鳥居《とりい》に残されたものは何もないということでした。

「そんなはずない！」

その時、鳥居《とりい》は思いました。

祖父母《そふぼ》の家は地域《ちいき》の名家で、祖母《そぼ》は学習塾《じゆく》を経営していた堅実《けんじつ》な人でした。母が亡くなった時、小学生だった鳥居《とりい》に代わって祖父母《そふぼ》に預《あず》けられた母の遺産《いさん》も、多少なりともあるはずでした。

一緒《いっしょ》に暮《く》らしていた短い月日の中で「大学へ行きたい」とうち明けた鳥居《とりい》に、祖母《そぼ》はぶっきらぼうな口調ながら、

「大学へ行くぐらいのお金なら、あるよ。行くなら、出してあげるよ」

といってくれてもいたのです。

鳥居《とりい》は、祖母《そぼ》と暮《く》らしていたころ、アルバイトをして、家の光熱費も支払っていました。

おかげで「働いても働いても貧乏《びんぼう》な感じ」こそしていましたが、それも、大学へ行くための祖母《そぼ》の蓄《たくわ》えを切り崩《くず》さないようにするためでした。

母の遺産《いさん》も、鳥居《とりい》が大学へ行くために祖母《そぼ》が蓄《たくわ》えていたはずの資金も、跡形《あとかた》もない――祖母《そば》の死を知った瞬間《しゅんかん》は、家族も財産も、すべてを失ったと知った瞬間《しゅんかん》でもありました。

一本のマッチ落とせば燃え上がり次々崩《くず》れ眩《くら》む家具たち

唯一《ゆいいつ》の家族を突然《とつぜん》失い、『いつか、おばあちゃんと打ち解けて話をしてみたい』と思っていた夢も、永遠に叶《かな》わなくなってしまった鳥居《とりい》は、ショックで熱を出し体調を崩《くず》してしまいました。

それで、里親の家からは、「そんな体の弱い人は、わが家にはいらない」といわれてしまい、家を追い出されることになりました。

その時は、自分で部屋を探して借りるまで2ヶ月近く、文字通りの「ホームレス」生活を余儀《よぎ》なくされました。

それまでも、ずっと「家なき子《ホームレス》」だった鳥居《とりい》でしたが、里親の家から追い出されて、今度こそ本当に寝起きする場所もなくなってしまったのです。

その時には、鳥居《とりい》が定時制高校時代から始めていた、写真も載《の》せず性別も伏《ふ》せて書いていたブログを通じて鳥居《とりい》のファンになり、「何か困ったことがあれば、いつでもいってください」といってくれていた男性のことを思い出して連絡《れんらく》し、まずは車で名古屋・栄の繁華街《はんかがい》に連れていってもらいました。

ためらいののちに点《とも》れる蛍光灯駐輪場《けいこうとうちゅうりんじょう》の闇《やみ》を照らせり

途中、コンビニに寄ってその男性が飲み物を買ってくれました。

その時、鳥居《とりい》はさりげなく、

「悪い。これもいいかな」

といい、照れ笑いを浮かべながら菓子《かし》パンを1個買ってもらいました。

それが、その後数日間の食糧《しょくりょう》となりました。

そして栄で車を降ろしてもらって男性と別れると、どうするかの当てもないまま、栄で過ごす日がつづきました。

この時、昼間はデパートのソファなどで休み、夜はひたすら歩きつづけて過ごしたといいます。

立ち止まると、男の人にナンパされたり、不審者《ふしんしゃ》が近づいてきたりするからです。

実際に声をかけられ、怖い思いをしたこともありました。

だんだんと「速足で、ただ近所のコンビニエンスストアへ向かっているだけ、というような顔をして歩くのがうまくなっていった」といいます。

くたびれて、昼はデパートのソファに腰かけて休んだり、居眠《いねむ》りしたりしました。

家がなくていちばんつらいのは、十分に睡眠《すいみん》がとれないことでした。

体力がどんどん奪われていく感じがありました。

そこで、体力が限界に近づいたと感じると、何日かに1回、ネットカフェに泊まって睡眠《すいみん》をとるようにしました。

持っていたのはキャリーケース1個。

その中に入っていたのは2、3枚の着替えと1枚のタオル。

ほかにシャンプーや歯ブラシ、通帳、印鑑《いんかん》、携帯《けいたい》電話、サイフなどを入れていましたが、所持金は10万円にも届きませんでした。

所持金はその先、生きていくための全財産です。

アパートを借りる家賃《やちん》も確保しておかなくてはならず、かんたんに切り崩《くず》すわけにはいきませんでした。

68円で買ったポテトチップスを2日かけて少しずつ食べたり、デパートの地下でお総菜《そうざい》やお菓子《かし》の試食をもらったりして、空腹をしのぎました。

あとはひたすら水を飲んで、おなかをふくらませました。

小学校低学年の時、海で遭難《そうなん》した漂流者《ひょうりゅうしゃ》が塩水を真水にして飲み、1ヶ月も生きのびた話を読んだ覚えがあったからです。

「水さえあれば、1ヶ月は生きられる」という意識がありました。

鳥籠《とりかご》のごとく灯を飼う街灯《がいとう》が歓楽街《かんらくがい》の夜を照らせり

身を守るには、身ぎれいにしておく必要がありました。

「不審者《ふしんしゃ》」や「家出少女」だと思われると、デパートのソファで休んでいても警備員《けいびいん》に目をつけられてしまうし、試食ももらえません。

夜に襲《おそ》われる危険も増してきます。

このため、やむにやまれず、公園やデパートのトイレで頭を洗い、タオルでふいて、エアータオルをドライヤー代わりにして髪《かみ》を乾《かわ》かしていました。

びしょびしょに濡《ぬ》れた髪《かみ》で出て行ったら、「不審者《ふしんしゃ》」だと思われるからです。

身体もトイレの中でタオルを濡《ぬ》らして絞《しぼ》り、ふきました。

着ていたTシャツなどもトイレで洗いました。

幸い夏だったため、Tシャツやタオルはキャリーケースの柄《え》に、旗《はた》のように干して、歩きながら乾《かわ》かすことができました。


鳥居《とりい》は中学生の時に過ごした幸せな病院生活を頭に思い浮かべていました。

そして主治医の先生が大阪に転勤《てんきん》していたことを思い出しました。

このため、「大阪へ行こう」と考え、保証人不要で借りられて敷金《しききん》や礼金が少ない物件（本来は外国人専用の格安物件）をネットカフェで探して、大阪でなんとか雨風をしのげる部屋を借りました。

部屋を決める時、案内してくれた不動産屋さんがペットボトルのジュースを差し入れてくれました。

すっかり所持金がなくなっていた鳥居《とりい》にとって、嗜好品《しこうひん》であるジュースはとても貴重だったため、そのジュースも3日に1回、1口ずつ飲んで、1ヶ月近く持たせました。

次に不動産屋さんに会った時、

「あの時のジュース、おいしかったです。ありがとうございます」

と話すと、

「あれ、そんなにおいしかったですか？　あんなんでよかったらいつでもまた買いますよ」

と、ジュース1本に深々と頭を下げる鳥居《とりい》を不思議そうに見つめていたといいます。

駅前で眠る老人すぐ横にマクドナルドの温かいごみ

第七章　創作

■鳥居《とりい》が見た、美しくて不思議な世界

住む場所が見つかり、やっと落ち着いた時間も持てるようになった鳥居《とりい》は、短歌の本（歌集）をあらためて読み始めました。

前述の、吉川宏志《ひろし》さんの短歌との出会いもこの時期にありました。

「なんて美しく、不思議な世界なんだろう」

「私が感じてきたのと同じ、孤独《こどく》のにおいがする」

吉川宏志《ひろし》さんの歌への感銘《かんめい》は日に日に深まり、鳥居《とりい》は吉川さんに思い切って手紙を書くことにしました。

母が自殺したこと、施設《しせつ》で虐待《ぎゃくたい》もされて小学校も途中《とちゅう》までしか行けていないこと、吉川さんの歌が好きなこと――、自己紹介《しょうかい》するように、淡々《たんたん》と自分のことを書いたといいます。

そして、歌集を出している出版社に「吉川さんに届けてください」と書きそえて

送りました。

手紙は吉川さんに届けられ、受け取った吉川さんは、

「手紙の背後《はいご》から『生きることに対する絶望的な思い』を感じた」

といいます。

私（岩岡）が吉川さんに時間をいただき、鳥居《とりい》を知り始めたころのことを伺った時、吉川さんは、

「返事を書こうかどうか迷いながらも、〝死んだらいかんよ〟というようなことを書いて出した気がします」

と話してくれました。そして、その返事には、

「短歌でもなんでもいいから、自分の思いを書いて表現するといい」

とも書いたといいます。

短歌を読むのが好きになり、やがて短歌の世界にあこがれた鳥居《とりい》は、

「自分にも、こんな世界がつむぎ出せたら、すてきだな」

と思うようになっていました。そして、吉川さんの勧めもあって、見よう見まねで短歌を作り始めました。

最初は一人暮《ぐ》らしのせまい部屋の中で「短歌らしきもの」をこつこつ書きためていました。

「この時作った歌は百首以上にはなる」といいます。

けれども、そのころの鳥居《とりい》は、虐待《ぎゃくたい》、親類からの嫌がらせ、DVシェルター、里親、ホームレスなどを経て、すっかり人が苦手になってしまっていて、夜にコンビニに買い出しに行く時以外は、家の中に引きこもっている状態でした。

このため、作った短歌は、誰《だれ》にも見せる機会《きかい》などありませんでした。

しかし、ある日、「自分の短歌が良いのか悪いのか知りたい。誰《だれ》かの意見が聞きたい」と思うようになります。

そして2012年、現代歌人協会が主催《しゅさい》し、隠《かく》れた才能を発掘《はっくつ》する「全国短歌大会」に、自分で作った短歌を応募《おうぼ》してみました。
すると、三千首以上の応募《おうぼ》作の中から、穂村弘《ほむらひろし》さん選の佳作に、鳥居《とりい》の一首が選ばれたのでした。

思い出の
家壊《こわ》される夏の日は
時間が止まり何も聞こえぬ

「音や時間を遮断《しゃだん》してしまう。思い出が壊《こわ》されてしまう。心がいっぱいになってしまう」――鳥居《とりい》が短歌の世界に惹《ひ》きつけられるきっかけのひとつを作った歌人である穂村《ほむら》さんは、鳥居《とりい》の歌にそうコメントをしてくれました。

鳥居《とりい》としては、人に初めて見せた短歌です。

人がすっかり苦手になってしまっていた鳥居《とりい》は本当は、自分の作品を他人に見せることに強い抵抗感《ていこうかん》がありました。

自分なりに、一生懸命《けんめい》に作った歌でした。

それなのに批判《ひはん》されたら、そのつらさにとても耐えられる自信がありませんでした。

その作品を応募《おうぼ》するために郵便局《ゆうびんきょく》に行くことすら、勇気をふりしぼってようやくできたことでした。

しかし、そうして応募《おうぼ》した短歌が入選。

「信じられない。どうしよう?」と、あたふたしているうちに迎《むか》えた、東京での授賞《じゅしょう》式の日。

鳥居《とりい》は、本の世界でだけ出会ってきた歌人たちを目にして、「わぁ、本物だ!」と、芸能人に会ったようにドキドキしていたといいます。

そして、「過去には児童養護施設《ようごしせつ》で『ごみ以下』と罵《のの》しられていた私だけど、良い作品を書けば、何かが変わるかもしれないという予感」を抱いたそうです。

見も知らぬ鳥居《とりい》の手紙に歌人の吉川さんが返事をくれたこと、そして、見よう見まねで作った短歌が入選したことは、鳥居《とりい》の背中を押しました。

同じ2012年。鳥居《とりい》は「攪乱《かくらん》」と題した連作短歌を、短歌誌『塔《とう》』10月号の「十代・二十代歌人特集」に発表しました。

揃《そろ》えられ
主人の帰り待っている

飛び降りたこと知らぬ革靴《かわぐつ》

刃は肉を斬《き》るものだった肌色《はだいろ》の足に刺《さ》さった刺身包丁《さしみぼうちょう》

それらの歌は、吉川宏志《ひろし》さんの目にとまりました。その年の12月、吉川さんはブログで鳥居《とりい》の連作「攪乱《かくらん》」の一部を紹介《しょうかい》し、次のような評価をつづっています。

「彼女《かのじょ》の体験を反映していると思われる歌である。淡々《たんたん》と歌われているが、それがかえって、静かな恐怖感《きょうふかん》を読者に与える。『革靴《かわぐつ》』や『刺身包丁《さしみぼうちょう》』が、物体として、ずしりと迫《せま》ってくる感じである。目の前のものを、麻痺《まひ》したような感覚で見ているような印象もあろうか」

鳥居《とりい》はこの連作に、こんな小文をそえていました。

「私は短歌のことをまだ、よく知りませんが『写生《しゃせい》』を大切にする人が、いるらしいことを知りました。写生《しゃせい》とはなんでしょうか。私はみんなには見えないものが時々見えます。また、みんなには聞こえないものが時々聞こえます。さらに『短歌は一人称《いちにんしょう》の文学』だと聞きました。しかし解離《かいり》をしている時、私は複数人います。写生《しゃせい》とは、現実（ほんとうのこと）を写しとることでしょうか。それならば、私の生きている現実はほんとうのことでしょうか」

虐待《ぎゃくたい》など、長い間のつらい体験から、鳥居《とりい》は、「複雑性《ふくざつせい》ＰＴＳＤ」と診断《しんだん》されていて、その主要な症状《しょうじょう》として「解離《かいり》」という障害（解離《かいり》性障害）を持っています。

多重人格に似《に》た、複数の自分が存在する感覚にさいなまれたりする障害です。

前夜、ハサミを持ったところまでは覚えていて、次の朝起きると、あたりの床《ゆか》一面が真っ黒に見えるほど、自分の髪《かみ》の毛が散乱していたこともあります。その髪《かみ》の毛のあいだに銀色のハサミが、放り出されていたそうです。

意識を失っている間に別の自分（自分を男性と思っている人格）が出てきて、自分で自分の髪《かみ》を短く切っていたのです。

作品も、知らない間にできていたことがあるといいます。

短歌は、主語の「我《われ》（わたし）」を主人公にして、五・七・五・七・七の三十一《みそひと》文字で世界を表現するため、「一人称《いちにんしょう》の文学」といわれることがあります。鳥居《とりい》は、短歌誌に書いた前述の小文で、そんな短歌を、複数の「私」を持つ自分が詠《よ》むことへの戸惑いをつづったのでした。

私ではない女の子がふいに来て同じ体の中に居座《いすわ》る

■境界《きょうかい》を越えていく力

歌を詠《よ》み始めた最初のころから使っている「鳥居《とりい》」というペンネームには、いろいろな思いと意味が込められています。

ひとつには、ノスタルジー（郷愁《きょうしゅう》）とでもいうべきものです。鳥居《とりい》が「家族」や「ふるさと」「くに」といったものを思い浮かべる時、その光景の中には「神社」が存在します。

鳥居《とりい》の先祖《せんぞ》は、「八百万《やおよろず》の神が集まる場所」とされる出雲《いずも》の出身です。また鳥居《とりい》自身も、伊勢神宮《いせじんぐう》（天照大御神《アマテラスオオミカミ》などを祀《まつ》った日本を代表する神社）がある三重県の空気を吸って育ちました。

また、見えざる世界と現世との「境界《きょうかい》に立つということ」に興味があることも、このペンネームをつけた大きな理由だそうです。

「鳥居《とりい》」とは、その奥に神が祀《まつ》られていて、「見えざる世界」と接触《せっしょく》するための入り口とされています。

そこは、人間の生活空間と神の領域《りょういき》の「境界《きょうかい》」にあり、それぞれを行き来する場所でもあります。

さらに「鳥居《とりい》」だけで、姓と名を別々に用意していないことには、「性別や年齢《ねんれい》を超えたい」という意思も込められています。

海底にねむりしひとのとうめいなこえかさなりて海のかさ増す

幼くして母親を亡くした鳥居《とりい》は、ずっと「死者」に思いをはせながら生きてきました。

「手の届かない死者を思う時には、人は祈《いの》ったり、願ったりすることしかできない」と鳥居《とりい》はいいます。

古来、日本の人々は、八百万《やおよろず》の神の〝見えざる力〟を信じてきました。〝祈祷《きとう》〟や〝祈願《きがん》〟といった形で、その信仰《しんこう》を表わしてもきました。

日照《ひで》りがつづいて、農作物が枯《か》れないように「祈《いの》るしか手立てがない」時、人々は〝雨乞《あまご》い〟をしました。

奄美《あまみ》地方に伝わり、歌えば〝人を呪《のろ》い殺せる〟とされた〝逆歌《さかうた》〟のように、呪術《じゅじゅつ》や魔術《まじゅつ》のような形で、「見えざる力」が信仰《しんこう》された例もあります。

鳥居《とりい》は、

「本気の雨乞《あまご》いが、雨を降らせたこともあったかもしれない。私も、そうした『見えざる力』を、自分の作品に込めたい」

と話します。

「『この歌、なんか心に引っかかるな』『くせになるな』と思わせる、人を惹《ひ》きつける力を歌に宿せないものか」

鳥居《とりい》は同時に、文学や芸術が持つ「境界《きょうかい》を越える力」を、自分の作品に持たせたいとも考えています。

漫画《まんが》やアニメなどの作品には、読者や視聴者に登場人物相手の恋をさせる力があるものがあります。

また小説などの本に書かれた言葉も、現実とフィクションなどの間にある、異なる世界の境界《きょうかい》を越えていきます。異なる次元を行ったり来たりすることを可能にします。

「絵」も同様です。

「ピカソの描いた『青い肩掛《かたか》けの女』には、見る者をその世界へ引き込んでしまうような魅力《みりょく》があると感じます。シャガールの版画《はんが》『サーカス』も、想像を羽ばたかせることで絵の中に入り込んで楽しむことができると思います」

「芸術には、現実と非現実、場所や時代の境界《きょうかい》を越える力があると思う」

と鳥居《とりい》は話します。

そして、そうした「境界《きょうかい》を越える力」を持つほかの多くの芸術のように、自分が作る歌にも、人を惹《ひ》きつけて、異なる世界を行き来できるような力を宿したいといいます。

なぜなら、「亡くなった母や友達、またかつての自分のように〝自殺したいと思ってしまった人〟を踏《ふ》みとどまらせるには、力づくで生の側へ引きもどそうとするのではなく、その人を取り巻いている『死の世界』とでもいうべき場所にまで潜《もぐ》って行って、一緒《いっしょ》にもどってくるという手つづきを踏《ふ》まなければならないと思うから」です。

ギリシャ神話のオルフェウスは、亡くなった妻を取りもどすため、冥界《めいかい》に行きました。

「冥界《めいかい》を抜け出すまで、決して後ろをふり返ってはならない」という冥界《めいかい》の王との約束をオルフェウスが破ってしまったために願いは叶《かな》いませんでしたが、彼《かれ》のつま弾《び》くたて琴《ごと》の哀切《あいせつ》に満ちた音色《ねいろ》は、冥界《めいかい》の王と妃《きさき》の心を動かし、オルフェウスの願いを一度は叶《かな》えようとさせました。

鳥居《とりい》もオルフェウスのたて琴《ごと》のように、自分の歌や言葉を人の心に響《ひび》かせたいのかもしれません。

「人はたやすく死ねる。けれども死ぬと決めてしまった人を、死の淵《ふち》から連れもどすのは難しい。歌に魔力《まりょく》を宿したい。生死の境にいる人を連れもどすほどの力がほしい。『死なないで』とただ、祈《いの》っているだけだった自分を変えたい」

夕暮《ぐ》れの教室のすみ少女らがヒトサシユビを銅貨《どうか》へのせる

第八章　独学

■複雑性PTSDと、人を最後に生かすもの

鳥居《とりい》は、その過酷《かこく》な過去の人生経験から、「複雑性《ふくざつせい》PTSD（Post Traumatic Stress Disorder／心的外傷後ストレス障害）」と診断《しんだん》され、現在もその精神の病に苦しんでいます。

対人関係全般への恐怖心《きょうふしん》や、自分が自分でないような不安定な感覚などと日々戦いながら、生きています。

PTSDは、命の危険にさらされるほどの強烈なショック体験、たとえば震災《しんさい》などの災害や戦場体験、犯罪被害《ひがい》などにより、心に大きなストレスがかかることで起こります。

日常生活で出会うショックは、時間がたつにつれて薄らいでいくものですが、この障害があると、時間がたっても突然《とつぜん》その時の恐怖が鮮明によみがえってくるため、常に緊張や不安と隣《とな》り合わせなのです。

壊《こわ》されてから知る　私を抱く母をしずかに家が抱いていたこと

震災《しんさい》の被害《ひがい》にあわれた方が、地震《じしん》発生時刻が近づくたび恐怖を感じる、という話を耳にされたことがあるかもしれません。

大きすぎるショック体験は、そのように1つあるだけでも日常生活に大変な支障をきたすものですが、鳥居《とりい》の場合はいくつもの恐怖体験が複雑に絡《から》まり合った、より重度の障害になっています。

会ってみると、普通に受け答えがしっかりとしている鳥居《とりい》ですが、実は医師から就業にドクターストップがかかるほど、その障害は深刻です。

家から外に出るのはもちろん、体を起こす、明かりをつける、それだけのことさえ思うようにできず、4、5時間何もできずに寝たままでいることもよくあるといいます。

毎日を過ごした家は壊《こわ》されて四角い冬の青空ひらく

「自分のことなので、わかりやすくお話しできるかわからないのですが……たとえば、学校や職場で誰《だれ》かともめたり失恋したりすると、翌朝起きて出かける準備をするのがとてもつらいと思うんです。気持ちはずっと晴れないし、知人と顔を合わせるのも話すのも気まずい、食事はのどを通らない、そして何を見ても前日の嫌な出来事と憂《ゆう》うつな今日これからのことを考えてしまう――私の毎日は、その朝の気分の密度を濃くしたのが四六時中、十数年の間途切れることなくつづいているような……そういう感じなのです」

たしかに、プライベートや仕事先でとてもつらい、悲しい出来事があっても、表面上は何もなかったかのようにふるまうことはできますし、かえって、から元気でいつもより明るく見せてしまう、という経験をお持ちの方も多いのではないでしょうか。

「人と会うのはとてもすてきなことだと思うし、新しい場所にも行ってみたいと思っています。でも、いつも通りに明るくふるまうのはできるけれど――そして、どんどん明るく見せるのが上手になっていったりもしますが――実はとても大変なことなんです」

また、鳥居《とりい》は眠る時には薬が欠かせません。病院から処方《しょほう》される錠剤《じょうざい》は束《たば》の状態で渡され、いつも一日にそれ以上飲むと危険な量まで服用します。

そうしなければ緊張が解けず、体が疲《つか》れ切っていても頭は片時も休むことなく稼働《かどう》しつづけてしまうからです。

母の死で薬を知ったしかし今生き抜くために同じ薬をのむ

働くことを止められている鳥居《とりい》に、医師や市役所の職員は、「生活保護を受けるように」「受けなければいけない」と何度も勧めてくれたそうです。

生活保護を受ければ、極貧《ごくひん》生活を送ることもなく、暖かい部屋で眠り、治療《ちりょう》や創作に向ける余裕を作れるかもしれません。

それでも、鳥居《とりい》は生活保護に対する世間の冷たい視線、激しいバッシングのことを考えると、保護を受けることには強い抵抗感《ていこうかん》を抱かざるをえないといいます。

元気そうにふるまう鳥居《とりい》を見ただけでは、「そんなに元気そうならちゃんと働けるはずだ、何を怠《なま》けているんだ」という批判も当然のように寄せられるでしょう。

しかし、そうした批判を思い浮かべる時、人は無意識のうちに鳥居《とりい》の背負っている果てしない痛みや、それを放置してきた社会の影から目をそらしている――のかもしれません。

さて、そんな病に苦しむ鳥居《とりい》でしたが、短歌を作り始めてからは、一人でも多くの人に短歌の面白さやすばらしさについて呼びかけたいと思うようになります。

きっかけは、歌人・穂村弘《ほむらひろし》さんの歌集『ドライ　ドライ　アイス』（沖積舎《ちゅうせきしゃ》）のあとがきを読んだ時の衝撃《しょうげき》でした。

かつて穂村《ほむら》さんの歌集『シンジケート』の中の一首に感動した鳥居《とりい》は、この歌集も読んでみました。

すると、そのあとがきに、「私の部屋にはクーラーがなくてとても蒸《む》し暑いうえに、力むと頭が熱くなるので、製氷皿の氷を囓《かじ》りながら書きました。」とつづられていたのです。

つらい毎日の中でくたびれ、「生きづらさ」を感じていた自分を、想像世界に引き入れ「居場所《いばしょ》」を与えてくれた短歌。

なのに、自分の好きな短歌を生み出しているあこがれの歌人が、クーラーもない部屋で創作に励《はげ》んでいるなんて……鳥居《とりい》は驚《おどろ》きを覚えました。

すると、たまたま目にした吉川宏志《ひろし》さんのブログにも、「冷房《れいぼう》のない部屋で短歌の仕事をしています。南国生まれなので、ある程度は暑さに強いのですが、最近はかなりきついです。頭がぼうっとしてきます。」と書いてあったのです。

鳥居《とりい》自身も、エアコンがなく、今が昼なのか夜なのかもわからない、まったく光の射《さ》さない地下室のような格安の部屋を借りて、今もそこに住んでいます。はいている靴《くつ》だって、300円のものを探して買ったものです。

でも、あこがれの高名な歌人ですら、そろって「クーラーのない部屋で短歌の仕事をしている」——そのことを知った衝撃《しょうげき》は、鳥居《とりい》にこんなことを考えさせました。

「短歌のすばらしさを、もっと多くの人に知ってほしい」

「すばらしい歌を作っている歌人の歌集がもっと売れて、いい暮《く》らしができますように」

実際、歌集が売れて、歌を詠《よ》むことだけで生活していける歌人はほとんどいません。

多くの歌人は、会社員や教員など、別の仕事と創作活動を両立させています。

自作を集めた歌集を出す時には、自費出版《じひ》するのが普通です。

「こんなにすばらしい文学、奇跡《きせき》みたいな作品を作っている歌人たちが、なんで自腹を切って本を出したり、つましい生活をして、別の仕事とかけ持ちをしたりしなきゃいけないんだろう」

「その人にしかできない仕事なのだから、自費出版《じひ》した歌集がせめて赤字にならない程度には、世間に認められてほしい。なんで短歌の魅力《みりょく》が伝わっていかないのか」

――そんな思いが、心の中にわき上がっていました。

そして、全国短歌大会で自作の短歌が入選した2012年の暮《く》れ。鳥居《とりい》は大阪・梅田の駅に立っていました。

手にしていたのは、段ボール箱の切れはしに、「生きづらいなら短歌をよもう」と書いたプラカード。

それを掲《かか》げて「短歌、面白いですよ」と道ゆく人に話しかけました。引きこもりがちで人が苦手な鳥居《とりい》にとって、それは「短歌を広めたい」一心でした必死の行動でした。

道行く人から見れば、突飛《とっぴ》に思えたかもしれません。でも、それが鳥居《とりい》が思いついた精一杯の行動でした。

なぜそうできたのか――今でも不思議だそうです。鳥居《とりい》は、精神を重く病んだ引きこもりで、カーテンを開けることさえ怖い人です。自分の作った歌を人に見せるのも絶対イヤ――そんな人間がどうして急に、梅田駅にプラカードを持って立つようなエネルギーを出せたのか（それは今も同じで、この本を作るために東京へ出て、大人たちと会議をしたり、取材に応じたり、普段寝たきりに近いのになぜそうできるのか、自分でも不思議だそうです）。

「きっと、根っから創作に関わるのが好きなんだと思います」と鳥居《とりい》はいいます。

「感動すると、生きていて良かったな、と思えるんです。人生が八方ふさがりで、何も楽しいことなんかないや、という時でも、何か感動できるものと出会えたら、〝世の中にはこんなものもあったんだ〟とわくわくできる。心がささくれ立ってどんよりしている日でも、たとえば美術館に行った後では、〝なんて面白い世界があるんだろう〟と新鮮な驚《おどろ》きを感じて、〝もう少し生きてみようかな〟と思える。〝もしも、自分にそんなふうに世界を切り取る力があったなら……もしも、そういうことができたら〟って思うんです。

芸術は、私にとっては贅沢品《ぜいたくひん》でも嗜好品《しこうひん》でもなく、生きるために必要なもので――食費を削《けず》っても……実際、3日に1食で暮《く》らしていた時でも、私は美術館や図書館に行くほうを選びました」

梅田駅では、食費を浮かせて作ったお金で、短歌の魅力《みりょく》を伝えるビラを書いて印刷して配りました。けれどもこの時は「みんな興味がない様子で、読んでくれる人はほとんどいなかった」といいます。ビラは読まれることなく、冷たいアスファルトの上に捨てられ、風に吹かれて舞うばかりでした。

包丁のひかりを帯びて一筋の冷たい風が研《と》ぐ冬の街

「それでも、短歌に限らず、芸術がもっと広まったらいいのに、とその時も思ったんです。世界を美しく切り取った芸術に出会えて感動できたら、うつの人も、人生に面白みを感じて生きていけるんじゃないか。生きていると、つらいことばっかりだから……感動がなかったら、とてもやっていけない。そして、つらい思いが勝《まさ》ったら、死のほうに心の針《はり》が振り切れてしまう。だから、人を感動させて、生かす、芸術家には尊敬の念と感謝の気持ちを抱いています。たった1枚の絵が、何十年、何百年にわたって人を生かすとしたら――すごいな、と思うんです。

短歌も、そうやって長く人を感動させられるものだ、と思いました。八方ふさがりで、死ぬしかないと思った時に、人を救うのが、芸術だと思うんです。その魅力《みりょく》を知らない人が多いのはもったいない。だから、私にできることはすごく小さいかもしれないけど、芸術を知ってもらうために何かできたら、という気持ちをいつも持っています」

■難しい学び直し、そして父との再会

前述のように、女優だった母は、鳥居《とりい》も女優の道に進ませたいと、鳥居《とりい》が小学生になってからは子役の仕事をさせていました。

このため鳥居《とりい》は、三重から東京へオーディションやCM撮影《さつえい》に行き、学校を休みがちでした。

小学4年生の時には、夜逃げするように東京に出てきた母と、住まいがみつかるまで安宿を泊まり歩き、学校に行けない日々がつづきました。

小学5年生から入ることになった児童養護施設《ようごしせつ》では、殺伐《さつばつ》とした生活環境《かんきょう》の中で

不登校にならざるをえませんでした。

小学校も中学校も、形式上は卒業したことになっています。けれども、小中学校の勉強がきちんとできていないために、施設《しせつ》を出てから進学した定時制高校では、どの教科もよく理解できず、丸暗記で過ごしました。

そしてそこも、半年ほど通った末に、休学したままになっていました。

「私は小学校〝中退〟者。義務《ぎむ》教育から学び直したい」という切実な願いを、鳥居《とりい》は今も、抱きつづけています。

一度、夜間中学に見学に行ったこともあります。

学齢期《がくれいき》を過ぎた大人が義務《ぎむ》教育を学ぶ場は、夜間中学のほかにないからです。

しかし、そこでは小学生レベルの読み書きを中学の教科書を使って勉強していて、「授業内容がちぐはぐ」だと感じたといいます。

しかも、鳥居《とりい》は施設《しせつ》にあった新聞などで字を覚え、難しい漢字の意味もわかっています。

このため、夜間中学に入るとなると、最初から、入るクラスを（1年生と2年生を飛ばして）「3年生」と指定されてしまいます。

「でも、私はまだ小学校の勉強を一部しかわかっていない。分数の計算もできないし、東西南北や地図の読み方を知ったのも、つい最近です」

そんな鳥居《とりい》の願いと今の教育のシステムにはズレがあって埋《う》まらず、義務《ぎむ》教育を学び直したいという希望はかなっていません。

「それなら塾《じゅく》で勉強できないか」と、自殺遺児《いじ》の奨学金《しょうがくきん》について電話で問い合わせたこともあります。

しかし、そこでも「奨学金《しょうがくきん》が出るのは、高校からです」と、断られてしまいました。

「おばあちゃんはよく、遺児《いじ》に奨学金《しょうがくきん》を出す団体に募金《ぼきん》していたのに」と、やるせない思いがしたといいます。

戸籍《こせき》を手掛かりに、父親の住所を調べ、会いに行って「塾《じゅく》代を出してもらえませんか」とお願いしてみたこともあります。

祖母《そぼ》が亡くなり、天涯孤独《てんがいこどく》の身の上になって、もはや精神的にも物理的にも「帰れる家」がなくなった鳥居《とりい》はふと、「家」や「ふるさと」というものを思い浮かべました。

その時、「自分の〝原材料〟を知りたい」「自分が存在するルーツをたどりたい」という気持ちになり、父に「会いに行こう」と決心したのでした。

土煙《つちけむ》り不在の父へ会いに行く夏影冷えて黒い遮断機《しゃだんき》

調べた住所へ訪ねていくと、木造の一軒家にたどり着きました。鳥居《とりい》は「感動の再会となるのかな」とドキドキしながらそのドアの前に立ち、「ピンポーン」と呼び鈴《りん》を鳴らしてみました。

しかし、誰《だれ》も出てきません。

しばらくドアの前に立って待っていると、その家にラフなシャツとパンツに身を包んだ男の人がふらりと帰ってきたため、鳥居《とりい》は「○○さんですか？」と父の名を挙げて尋《たず》ねました。

「そうですけど……」――不思議そうな顔をする父に「私の母は○○です。あなたとの間に、子どもがいましたよね？　私がその子どもです」と告げると、父は「ああ」と驚《おどろ》いたような顔をしました。

父がドアを開けると、家の中には女の人がいました。その女の人は、知らない人が来たと思って、呼び鈴《りん》に応じなかったのだそうです。

父は「ちょっと話でもしようか」と、鳥居《とりい》を近くのファミリーレストランに誘い、そこでお茶を飲みながら、２人でしばらく語り合いました。

母は父の写真を全部捨てていて、鳥居《とりい》に一切、父の話をしませんでした。母と結婚したころは脚本家《きゃくほんか》を志していたはずの父でしたが、今はどんな仕事をしているのか、わかりません。

会話の中で父は「家は借家」だといい、「今まで一度も定職に就《つ》いたことがない」と教えてくれました。

ビニールの透明傘《とうめいがさ》がひとつずつ街にひらいてゆく無表情

鳥居《とりい》は、母が亡くなり、その後、児童養護施設《ようごしせつ》で虐待《ぎゃくたい》やいじめを受けて義務《ぎむ》教育を十分に受けられていないこと、小学校や中学校の勉強をやり直したいけれど、公教育にはそうできるシステムがないために、塾《じゅく》に入りたいと考えていることなどを話しました。奨学金《しょうがくきん》をもらえないことも伝えました。

父に会ったら「塾《じゅく》代を援助してもらえないか」とお願いしたいと考えていたため、鳥居《とりい》は持ってきていた塾《じゅく》のパンフレットをテーブルの上に出して見せました。そして「今、塾《じゅく》へ行くお金がなくて困ってるんです。出してもらえませんか」といってみました。

しかし、自分の生活もけっして楽ではなさそうな父から出てきた答えは「無理だな」という、そっけないものでした。

いつのまにか夕暮《ぐ》れになっていて、父は「ご飯でも食べる?」と聞き、そのまま、同じレストランで食事をすることになりました。すると、携帯《けいたい》に電話がかかってきました。どうやら、父は家にいた女性と外で食事をする約束をしていたようです。

父は「一緒《いっしょ》にご飯食べようか」といって、その女性も合流し、3人で静かに食事をしました。父はその女性と仲むつまじく、つましく生きているようでした。鳥居《とりい》は食事を終えると、「じゃあ、帰りますね」と二人に礼をいって帰ってきました。

鳥居《とりい》は、話し方も論理《ろんり》的で、礼儀正しく、文学的な知識も豊富です。しかし、会話している最中に、「すみません、その言葉はどういう意味ですか？」と、不意に言葉の意味を尋《たず》ねてくることがよくあります。

ある時、「戦後70年の節目《ふしめ》」を「せんごななじゅうねんのせつめ、、、」と鳥居《とりい》が発音し、私が迷いつつも「ふしめ、と読むんだよ」と教えると、鳥居《とりい》は手の甲《こう》にペンで「節目」「ふしめ」と書きながら、口の中で「ふしめ、ふしめ」とくり返していました。

独学で漢字を覚えたために、意味はわかっていても漢字の読み方を間違って覚えていることがあるのです。

短歌に心惹《ひ》かれるようになってからは、短歌に出てくる漢字ひとつひとつを友人や知人から教えてもらい、手にした歌集に友人からふりがなをふってもらったりして読んできたといいます。

一度、鳥居《とりい》が持っている歌集を見せてもらったことがあります。

200ページ近くはあるぶ厚いその歌集は、鳥居《とりい》の境遇《きょうぐう》を知って創作を応援してくれている吉川宏志《ひろし》さんにプレゼントされた『中城ふみ子歌集』だったそうですが——そのどのページのどの短歌にも、ほぼすべての漢字の横に、シャーペンの小さく細い字で、びっしりとふりがながふられていました。

私はそんな時、「義務《ぎむ》教育を一部しか学べていない」という彼女《かのじょ》の生い立ちに現実味を感じるとともに、「小中学校の勉強からすべて学び直したい」という思いの切実さに胸がつまります。

また、それでも人の心に響《ひび》く短歌を生み出す彼女《かのじょ》をすごいと感じます。

慰《なぐさ》めに「勉強など」と人は言う　その勉強がしたかったのです

「大学生って、うらやましいな、〝星が光っている理由〟とか、知らないことを知れるって楽しいな、と思います。大学の先生が、〝参考文献《ぶんけん》はこれこれです〟と教えてくれると、良い本にもすぐに巡《めぐ》り会える。これは、すごく幸せだと思います。

でも一方で、中学から不登校だった子で、独学で国立の医学部に入った人を知っていますが、その人は苦労して入った念願のその大学を辞《や》めてしまいました。理由は、〝周囲になじめない〟でした。この気持ちが、私にはすごくよくわかります。ストレートで入学した学生との年齢《ねんれい》の差のせいもあるんでしょうが……。

上野千鶴子《ちづこ》さんがおっしゃっていたことですが、学生の多くは家と学校と塾《じゅく》の3つしか知らない、と。私もそう思うことが時々あります。勉強していて、知識が豊富で、私が読んでいない本もたくさん読んでいる――それで尊敬もするんですが……。たとえば、ホームレスの現状についても、〝あの人達、好きで寝転《ねころ》んでるんでしょ？〟と悪気なくいう学生がいる。〝そんなわけないでしょ？〟と思うんですが、本当に知らないんですね。風俗《ふうぞく》で働く女性のこと、人身売買などの世界、DVシェルターのこと、やくざのこと――その気持ちや実態をほとんど知らない。

私の家族や親類は高学歴の人たちでしたが、幸せな人ばかりではありません。金の亡者《もうじゃ》になって、身を滅《ほろ》ぼした人もいます。受験戦争自体も、すごく残酷《ざんこく》だな、と思うんです。それをくぐり抜けてきた人は、より下のランクの大学生を見下したりしている。下の人は、たとえば東大生にコンプレックスを抱いていたりする。

私は底辺生活をしてきて、底辺を生きる人たちとも多く接していて、高学歴の人が集まる短歌の世界にも顔を出していて、その境界《きょうかい》に立っている。だからこそ、双方に関してよく見えることもあると思っています」

■形式卒業に苦しむ人たち

短歌の魅力《みりょく》を伝えようと梅田駅に立った時から、鳥居《とりい》は、長そでのセーラー服を着ることにしました。

自分が小学校や中学校の勉強をきちんと学べていないこと、また自分以外にも義務《ぎむ》教育を受けられないまま大人になった人たちがいて、学び直しを願っていることを表現するためでした。

みなさんは、形式卒業者――という言葉をご存知でしょうか。

実際には学校に行っていなくても、形だけ「卒業した」という資格を得た人のことです。

停学《ていがく》や留年のある「高校」とは違って、小中学校ではまったく出席していなくても、自動的に卒業ができます。

何らかの事情で中学校に通えていなくても、中学卒業の資格があれば、高校受験に挑戦できます。また就職の際にも履歴書《りれきしょ》に中卒資格を書くことができ、義務《ぎむ》教育課程を終えられなかった子どもたちの社会進出を可能にしています。

しかし一方で、この形式卒業は、全ての人に提供されるべき義務《ぎむ》教育を、大人になってからさかのぼって受ける機会を失くさせてしまうという側面も持っています。

鳥居《とりい》はほぼ小学3年生までの教育しか十分には受けられないまま、小中学校を形式卒業しました。そのため、今の鳥居《とりい》は高校を受験することはできますが、小中学校の勉強を学校でやり直すことはできません。

小学校までの知識で、仮に高校に行けたとして——そこでの勉強にはたしてついていけるでしょうか？

かけ算・わり算の勉強からいきなり微分《びぶん》・積分の勉強へ、漢字の書き取りからいきなり『源氏物語』や『史記』の勉強へ、そしてアルファベットも知らないまま英作文の勉強へと飛び級するようなものです。

鳥居《とりい》のような義務《ぎむ》教育を十分に学べなかった人々の学び直しの場はあるのでしょうか？

義務《ぎむ》教育を修了できなかった人の学習の場としては、夜間中学校があります。そこでは、中学に通うはずだった期間を過ぎても、中学校の勉強を一から学ぶ環境が用意されています。

しかし、形式卒業で中卒の資格を得た人は、夜間中学校に入学できないのです。形式卒業者でも、学び直したい人がいつでも学べる場所にしたい。それは、学ぶ機会を失った形式卒業者たち、そして夜間中学校の教壇《きょうだん》に立つ先生たちの悲願でした。

鳥居《とりい》が形式卒業と夜間中学校の問題を調べた時、彼女《かのじょ》を驚《おどろ》かせたのは、それが60年もの間解決されずにきたという事実でした。関係者の方々の努力にもかかわらず、その声は外の世界の誰《だれ》にも届かぬまま半世紀以上が過ぎてしまっていたのです。

この問題をもっと多くの人に知ってほしい。そして、「これは重大な問題だ」「このままの社会はおかしい」と一緒《いっしょ》に声をあげてほしい――

自分にできることを必死に考え抜いた結果、鳥居《とりい》が手にしたのがセーラー服でした。

セーラー服は、かつての義務《ぎむ》教育の象徴《しょうちょう》。それを大人になっても着つづける鳥居《とりい》は、義務《ぎむ》教育を受ける道を永遠に断たれてしまった子どもたちの思いを体現しているのです。

また、そこには「形式卒業者にも、義務《ぎむ》教育を学び直すことのできる社会を」という主張も読みとれるでしょう。

鳥居《とりい》は、新聞をはじめとしたあらゆる取材を受ける時には必ずセーラー服で向かい、形式卒業者のことを伝えてもらうよう頼みました。

たくさんの人の意見やニュースが否応なく飛び込んでくるインターネットは苦手

ですが、ツイッターやブログでも、形式卒業者としての悩みや問いかけをつづるようにもなりました。

また、政治家と専門家が問題を話し合うための会議で、知人の専門家の方を通じて鳥居《とりい》の声を代弁してもらったり、当事者としての意見を書類にまとめて会議に提出したりする努力をつづけました。

そして2015年7月。文部科学省は、形式卒業者も夜間中学校へ入学できるようにするよう、全国の都道府県教育委員会に通知を出しました。

形式卒業者・関係者たちの60年越しの願いが、ついにかなえられたのです。

「信じられない気持ちでした。まさか、自分が生きているうちに解決するなんて」

と語る鳥居《とりい》の努力も、少なからず目標達成の追い風となっていたことでしょう。

現在、鳥居《とりい》は次なる課題、学び直しの環境改善を願っての行動をつづけています。

現在の夜間中学校では、外国からやってきて日本語が全くわからない、という人から中学2、3年生まで問題なく通っていた人まで、学力の差があるさまざまな生徒をひとくくりにして、ほぼ自習に近い形式の授業が行なわれています。

また、「中学校」という呼称からもわかるように、そのカリキュラムは中学1年生から始まる3年制のもので、鳥居《とりい》の希望するような小学校からの勉強を、本来の9年かけて学び直せるという環境ではありません。

小学校からの教育を受けられていない人には小学校からの勉強を、日本語のわからない人には日本語学校の勉強を、高校進学を目指す人には高校進学のための勉強を——そういった、個人個人のニーズに合った学習環境が整えられて、初めて本当に意味のある学び直しの場が用意されたといえるのではないでしょうか。

鳥居《とりい》は、義務《ぎむ》教育を学べなかったという負い目に苦しむ全ての人が正しい学びを得られる日まで、セーラー服を着て、社会に、そしてあなたに——訴えつづけます。

第九章　開花

■家がないことが、心を取りもどさせてくれる

2013年夏、鳥居《とりい》が書いた文章は、ホームレス状態の人や、過去にそうした経験がある人を対象にした「第3回　路上《ろじょう》文学賞」の大賞《たいしょう》を受賞します。

応募《おうぼ》していたのは『エンドレス　シュガーレス　ホーム』と題した掌編《しょうへん》小説でした（その全文は、『キリンの子　鳥居《とりい》歌集』の中に「あとがきにかえて」という形で収録されています）。

受賞作は、こう始まります。

「家」や「家庭」というものを思い浮かべるとき、
ぐらぐらと　急に足許《あしもと》が　おぼつかない
不安定な気持ちになります。
もし「帰ることができる〝家が、ない〟」ということも、

ホームレスに含めるのであれば、
幼い時から　私はホームレスでした。

そして少女が学校に忍《しの》び込み、そうじ用具入れに姿を隠《かく》して、誰《だれ》もいなくなったあとに月明かりに照らされた教室に出て、心が解放《かいほう》されるまでを、詩のような言葉で描いています。
最後は、こんな言葉で結んでいます。

家がないことは
こんなにも　のびのびとした
自分自身の心を　取り戻《もど》すことができます。
今夜は　月が　とても綺麗《きれい》です。

「居場所《いばしょ》を特定されているということは、何かに管理、監視《かんし》、束縛《そくばく》、服従《ふくじゅう》させられていることでもある。この話は、実話にもとづいた『追憶《ついおく》』なんです」と、鳥居《とりい》は語ります。

鳥居《とりい》のこの作品のタイトルは『エンドレス　シュガーレス　ホーム』――「終わりなき、甘《あま》くない家」とでも訳したらいいのでしょうか。

鳥居《とりい》には物心ついた幼いころからずっと、帰って落ち着くことのできる家がなかったのです。

同賞の選者である作家の星野智幸《ともゆき》さんは、鳥居《とりい》の作品の最後の一文を「凄絶《せいぜつ》な言葉」だとコメントしました。

また、「鳥居《とりい》さんが生き延《の》びているのは、この美しく強い言葉を持っているから」「言葉だけを命綱《いのちづな》として生き、言葉だけを武器として独り、世界と対峙《たいじ》しようと腹をくった、凄《すご》みのある作品」とも評しました。

その過酷《かこく》な境遇《きょうぐう》の中で孤独《こどく》に生きてきた鳥居《とりい》の中で、静かに熟成《じゅくせい》されてきたと思われる「言葉」は、作家の星野智幸《ともゆき》さんも指摘したように、鳥居《とりい》の「命綱《いのちづな》」となり、生き抜くための「武器」となっていきます。

路上《ろじょう》文学賞を受賞してまもない2013年9月。「鈴木しづ子さんに捧《ささ》ぐ」と題した鳥居《とりい》の短歌の連作十首が、短歌と俳句《はいく》、自由詩の3詩型文学を発表したり評論したりするインターネットサイト「詩客」(SHIKAKU)に掲載《けいさい》されます。

履《は》いたきり
脱《ぬ》げなくなつたと笑ひけり
踊《おど》り子たちの冷たい裸《はだか》

鈴木しづ子は時に「娼婦俳人《しょうふはいじん》」などと呼ばれ、伝説の残る人物です。〈夏みかん酢《す》っぱしいまさら純潔《じゅんけつ》など〉〈ダンサーになろか凍夜《いてよ》の駅間歩く〉などの作品で知られ、時に切なく、時に激《はげ》しく、女性の性《さが》を吐露《とろ》するように句を詠《よ》みました。

１９１９年（大正８年）、東京に生まれ、通いたかった学校にも通えず、製図工《せいずこう》として働き、俳句《はいく》を創作。１９４６年の第１句集『春雷《しゅんらい》』がベストセラーになりましたが、１９５２年の第２句集『指環《ゆびわ》』を出した後は、行方《ゆくえ》知れずになってしまいます。最初の婚約《こんやく》相手は戦死してしまい、戦後、結婚しましたが、１年半ほどで破局《はきょく》。その後、岐阜《ぎふ》県に移り住んでダンサーになりました。

やがて黒人の米兵と恋仲になりましたが、恋人のその米兵も朝鮮戦争へ行くことに。日本へもどった時には重い麻薬《まやく》中毒者になっていて、米国に帰って半年もせずに、しづ子のもとに「亡くなった」という知らせが届きました。

そんな彼女《かのじょ》の波瀾万丈《はらんばんじょう》な人生を図書館の本で知った鳥居《とりい》は、鈴木しづ子と、〝自分や自分の母、施設《しせつ》やＤＶシェルターなどで出会った人たちなど、さまざまな「生きづらさ」を抱えた女性たち〟とを重ね合わせ、しづ子の作品世界も下敷《したじ》きにして、「鈴木しづ子さんに捧《ささ》ぐ」と題した短歌十首に結晶化《けっしょうか》させたのでした。

「私が今まで出会った人の中には、風俗《ふうぞく》やストリップの世界で働く人もいます。彼女《かのじょ》たちは性行為が好きなわけでも、ブランドもののバッグがほしいわけでもない。学歴も、お金も、頼《たよ》る人もなくて、生きていくための選択肢《せんたくし》がほかにないんです。この連作には、女性には収入の少ない仕事が多いこと、貧困《ひんこん》の子が学校に行くことの難しさ……いろいろな思いを込めました」

姉さんは煙草《たばこ》を咥《くわ》へ笑ひたくない時だつて笑へとふかす

その十首の前には、アンデルセンの童話《どうわ》「赤い靴《くつ》」のあらすじもそえました。

鈴木しづ子さんや自分、そして自分の周囲の女性たちの境遇《きょうぐう》が、「赤い靴《くつ》」の主人公・カーレンと重なって感じられたからです。
お話の中で、カーレンは、育ててくれた老婦人《ろうふじん》がとがめたにもかかわらず、教会に赤い靴《くつ》をはいていきます。

すると不思議なことに彼女《かのじょ》の足は勝手に踊《おど》り続ける。
夜も昼も彼女《かのじょ》は踊《おど》り続けなくてはならなかった。
彼女《かのじょ》が看病《かんびょう》しなかった為《ため》に
老婦人《ろうふじん》は亡くなり、
またその葬儀《そうぎ》にも出席できず、
身も心も疲《つか》れ果てた。
呪《のろ》いを免《まぬか》れるために首斬《くびき》り役人に依頼して
両足首を切断してもらうことにした。
切り離された両足と赤い靴《くつ》は彼女《かのじょ》を置いて

踊《おど》りながら遠くへ去っていってしまった。

――（アンデルセン「赤い靴《くつ》」あらすじ）

「私が今まで出会った、風俗《ふうぞく》などの世界で働く女性の大半は、夫に裏切られ、あるいは『旦那《だんな》の夢を実現するために』『生活のために』と必死に働いていた。『こんなはずじゃない』と踊《おど》りつづける姿はまるで、いばらのとげに刺《さ》されながらも踊《おど》りつづける『赤い靴《くつ》』のカーレンのよう」

友人が働くストリップ劇場《げきじょう》の楽屋《がくや》を訪ね、観客に「独身」と偽《いつわ》っている女性が、携帯《けいたい》の待ち受け画面に写った家族の顔をながめ「よし！」と気合を入れて舞台《ぶたい》に立つ姿を見たこともあります。

十首のうちにはこんな歌も入っています。

待ち受けの〈旦那《だんな》と子ども〉を見やる人

緞帳《どんちょう》あがりポールに絡《から》まる

同じ年の10月。紀伊國屋《きのくにや》書店グランフロント大阪店が「短歌フェア」を開いているのを見た鳥居《とりい》は、

「私、短歌が大好きなんです。何か手伝わせていただけませんか」

と書店員に名乗りでました。

すると、平積みされた歌集にそえるポップ広告を作らせてもらえることになり、鳥居《とりい》は、吉川宏志《ひろし》さんの歌集『吉川宏志《ひろし》集』のポップ広告を手書きで作りました。

「アイドルにあこがれるファンみたいに、私は短歌にあこがれる短歌ファンで、短歌のために何かできるのがとてもうれしかった」

そのポップ広告に書いたのは次のような一文です。

「冬空に厳《きび》しく光る星　あるいは美しく燃える青い炎。セパゾン（編注：抗不安薬《こうふあんやく》の名前）と吉川さんの短歌があれば　生きていけるような気がしました。たった1

行で私の世界を変えた1冊」

「歌集への愛が伝わってくる」とお客さんからいわれたこのポップが功《こう》を奏《そう》したのか、平積みされていた『吉川宏志《ひろし》集』は完売に。

残り1冊となった時、鳥居《とりい》は感激しながら、ネットにこんなつぶやきを書き込みました。

「私は現実がつらくて仕方ない時も　短歌がそばに居《い》てくれたから　自殺しなくて済んだから　みんなに　死んでほしくないから　自殺悲しいから　みんなに短歌読んでほしいです　嬉《うれ》しいです」

そのフェアの会期中。鳥居《とりい》は同じ書店内で「生きづらいなら短歌をよもう」と題した講演を開きました。

「鈴木しづ子さんに捧《ささ》ぐ」十首と童話《どうわ》「赤い靴《くつ》」のあらすじを、紙に書いて会場に展示するとともに、お客さんの前で短歌の魅力《みりょく》について話したのです。

展示《てんじ》した「鈴木しづ子さんに捧《ささ》ぐ」十首と、「赤い靴《くつ》」のあらすじは、和紙に自分の生理の血で書きつけました。

「残酷《ざんこく》で悲しいけど、美しい。そんな女性たちを表現するのに、パソコンから印刷した文字では伝わらない。かといって、毛筆《もうひつ》で伝えられるほど、私は書道にたけてもいない。生身の感覚や魂《たましい》をどうしたら伝えられるか——考えた結果が、自分の血で文字を書くことでした」

講演は、定員30名ほどの会場に、立ち見の人や入りきれない人が出るほどの盛況《せいきょう》ぶりでした。

また会場となった書店では、路上《ろじょう》文学賞の受賞作を紹介《しょうかい》する冊子も無料で配布しました。

そして、その裏表紙に、サインとともに次の歌を書きました。


けいさつをたたいてたたいほしてもらいろうやの中で生活をする

憂《ゆう》うつな家からは逃《のが》れたいけれど、家出すれば補導《ほどう》され、連れもどされてしまう。どう生きていけばいいか考えていた、子ども時代の切実な気持ちを表現した歌です。

この歌を、鳥居《とりい》は貧困《ひんこん》問題などに取り組む社会活動家の湯浅《ゆあさ》誠さんに見てもらったことがあります。

短歌誌『塔《とう》』でこの歌を発表したばかりの2012年の暮《く》れに、湯浅《ゆあさ》さんが代表をつとめる団体が大阪でイベントを開きました。

そのイベントに鳥居《とりい》はボランティアとして参加していました。

そこで湯浅《ゆあさ》さんと顔を合わせたのをきっかけに、この歌を見せたのです。

実際に刑務所《けいむしょ》を見学したことがあるという湯浅《ゆあさ》さんは「考えさせられました」と、鳥居《とりい》に感想を返してくれました。

また、歌人の穂村弘《ほむらひろし》さんも、雑誌『群像《ぐんぞう》』の連載《れんさい》「現代短歌ノート」の中で、「なんて悲しく淋《さび》しい犯罪《はんざい》だろう」という評とともに、この歌を紹介《しょうかい》してくれました。

もっとも、短歌誌に載《の》った直後には、「平がな表記に笑える」など、学生から〝現実にもとづいた作品ではないのだろう〟と想定した反響《はんきょう》も受けていました。

路上《ろじょう》文学賞の受賞作を紹介《しょうかい》する冊子にこの歌を書いたのは、「ホームレスの問題に興味を持つ人なら、この歌を理解してくれるかも」と期待したからでした。

第十章　居場所

■生きづらい人々に寄りそえるもの

「生きづらさ」と「短歌」——それは鳥居《とりい》の中で、次第に結びついていきます。

２０１３年11月。

鳥居《とりい》は大阪の同性愛者が集まる界隈《かいわい》で、性的少数派《マイノリティ》や夜の仕事をしている人限定の歌会「虹色《にじいろ》短歌会（通称《つうしょう》にじたん）」を開きました。

虐《しいた》げる人が居《い》る家ならいっそ草原へ行こうキリンの背に乗り

「誰《だれ》でも参加しやすい、できるだけ敷居《しきい》の低い歌会にしよう」というコンセプトで、参加の条件は〝自分の好きな短歌一首と自分で作った短歌一首を持ち寄る〟ことだけ、としました。

ネットのツイッターなどで参加者を募《つの》ると、夜の仕事をしている人の参加こそなかったものの、同性愛者など社会の「少数派《マイノリティ》」数人が集まってくれました。

その時、鳥居《とりい》が持っていったのは、塚本邦雄《つかもとくにお》（1920～2005年）の〈少女死するまで炎天の縄跳びのみづからの円駆けぬけられぬ〉でした。

少女がえんえんと踊《おど》りつづける童話《どうわ》「赤い靴《くつ》」のように、少女に一生つきまとう呪《のろ》いのようなものを感じさせる短歌です。

参加者はみんな、初心者ではありましたが、短歌の作品世界に対する洞察《どうさつ》は鋭《するど》く、感想をまじえながら丸尾末広作の漫画《まんが》『少女椿《つばき》』（青林工藝舎）など、歌の世界観を思い起こさせる物語が口々に語られました。

永遠に少女でいたい百合《ゆり》の花オペの前夜を深く眠れり

年が明けた2014年1月、鳥居《とりい》はさらに、生きづらさを抱えた人のための歌会「生きづら短歌会」（通称《つうしょう》づらたん）を、大阪市のＮＰＯ法人が運営する若者の居場所《いばしょ》

「なるにわ」で開きました。

参加したのは、不登校や引きこもりなどの経験がある11人です。参加者の1人は「静かな熱さが、その空間には確かにあった。だから私も、楽しかった、面白かった、そんな言葉よりもっとずっと、興奮していた」との感想を「なるにわ」のブログに書いてくれました。

不登校などを経験してきた参加者たちはみな、「学校に毎日通わなくてはいけない」「先生のいうことを聞かないといけない」といった、今の日本社会で当然とされているルールや価値観を、一度はとらえ直そうとしたことのある人たちでもあります。

鳥居《とりい》は短歌会をその後も何度も開催《かいさい》しています。

「私は『多様性』を求めているのだと思う。短歌の世界には、敷居《しきい》が高いイメージがあるのかもしれません。でも、さまざまな人が、そこにいられて、多様性が許される場になることが、短歌界全体の魅力《みりょく》や強さの向上につながるのではないかと考えています」

「短歌を詠《よ》んでも、孤独《こどく》が消え去るわけではありません。でも、自分がほかの人の作品に何かを感じた時や、誰《だれ》かが自分の作品に共感してくれた時に、『こんなにどうしようもなく孤独《こどく》な人が自分以外にもいたんだ』と、孤独《こどく》を分かち合うことができます。だから私は孤独《こどく》な人、生きづらさを感じている人にこそ、短歌をすすめたいのです」

重い精神の病を抱えている鳥居《とりい》ですが、近年では、自分にとって大きなトラウマ（心的外傷）となっている——本来であれば思い出すだけでも大変な苦痛がともなう——児童養護施設《ようごしせつ》での生活に、正面から向き合った作品づくりにも挑《いど》むようになりました。

2014年、雑誌『NHK短歌』の6月号「ジ・セ・ダ・イ・タ・ン・カ」のページで発表した「稚魚《ちぎょ》の一生」と題する七首の連作がそれです（次の歌は、実際、ショックで生理が1年以上止まっていた時のことを詠《よ》んだ歌です）。

月経《げっけい》は児童相談所で食べた赤飯の日に途絶《とだ》えたままで

短歌の寄稿《きこう》依頼を受けたころ、児童養護施設《ようごしせつ》を舞台《ぶたい》にしたドラマが「施設《しせつ》や職員に対する誤解を与える」と問題になっていました。

けれども、そのドラマを見てみた鳥居《とりい》は、

「自分の経験してきた施設《しせつ》や里親のほうがよほどひどかった」

と思い、

「芸術としての質の高さと訴《うった》える力をかね備えた作品を作りたい」

と考えたのでした。

「施設《しせつ》にいた時、けがをして泣いても、誰《だれ》も気にかけてくれる人はいませんでした。自分の声を聴いてくれる人が一人もいない状況を肌《はだ》で感じていました。だから『施設《しせつ》も里親の家もつらかった』とただ叫《さけ》んだところで、今でも耳を傾けてくれる人はいないのではないか、と思いました。芸術作品として優れていることこそが、必須《ひっす》条件でした」

先生に蹴《け》り飛ばされて伏《ふ》す床にトイレスリッパ散らばっていく

歌を作る時、虐待《ぎゃくたい》され、叱責《しっせき》された日々が頭をよぎりました。

「こんな作品を作ったら、どうなるんだろう」

と恐ろしくもありました。けれども、

「芸術の世界、短歌の世界で私が何を表現するか。しばられなくていいはずだ」

と信じて創作をしたといいます。

「稚魚《ちぎょ》の一生」の歌を作るうえで意識したのは、宮崎駿《はやお》監督《かんとく》の映画『風立ちぬ』と、松本大洋さん作の漫画《まんが》『Sunny《サニー》』、そして『輪《まわ》るピングドラム』というアニメなどだといいます。

映画『風立ちぬ』のラストに近い、戦場に飛び立った零式艦上戦闘機《ぜろしきかんじょうせんとうき》（ゼロ戦）がことごとく撃《う》ち落とされ、飛行機の「死骸《しがい》」が転がっているかのような場面に、鳥居《とりい》は強い印象を受けました。

「事実にもとづいた芸術は、訴《うった》える力が強いと思いました」

漫画《まんが》『Sunny《サニー》』は、児童養護施設《ようごしせつ》で過ごした経験がある松本大洋さんが、養護施設《ようごしせつ》を舞台《ぶたい》に描いている作品です。

松本さんのように「施設《しせつ》での経験を作品にしたい」と鳥居《とりい》は考えたのでした。

また、アニメ『輪《まわ》るピングドラム』には、世界じゅうから捨てられた、誰《だれ》にも必要とされない子どもを集めてシュレッダーで粉々《こなごな》にし、誰《だれ》が誰《だれ》だかわからない〝透明《とうめい》な存在〟にしてしまう〝こどもブロイラー〟が登場します。大きい換気扇《かんきせん》のような、この恐ろしい機械もイメージしました。

孤児《こじ》たちの
墓場《はかば》近くに建っていた
魚のすり身加工工場

大人にならないうちに、命を奪われてしまう稚魚《ちぎょ》。「魚のすり身加工工場」は、人知れず苦しみに耐えている子どもたちが向かうかもしれない場所です。そしてその近くには、誰《だれ》にも必要とされなかった者の墓場《はかば》があります。

鳥居《とりい》は「稚魚《ちぎょ》の一生」という連作の中で、誰《だれ》にも気にとめられず、訴《うった》えを受け止めてもらえない存在の絶望を短歌にすくい取ろうと試みたのでした。

第十一章　遺産

■「おまえがやっていることは、全部むだなんだよ」

こうして、鳥居《とりい》は歌人として、少しずつ力をつけ始めていきます。

通常は歌壇《かだん》（歌人たちの社会）の中で、師や先輩や歌友たちのもとで5年、10年、20年ともまれながら、歌人として成長していくのが一般的なのです。

独学でスタートした鳥居《とりい》が、5年にも満たない歌歴で、ここまでの存在感を持っているというのは、まさに異例といえるでしょう。

穴埋めのごとく灯の消えゆくビルの明かりの場所に人は残りて

ところが、「短歌を読み、自らも作りながら生きていきたい」「自分と同じように生きづらさを抱えている人にも、短歌をすすめたい」という鳥居《とりい》の一途《いちず》な思いは、予想もしなかった壁《かべ》にぶつかっていきます。

短歌を詠《よ》み（作り）始めてまもない2012年の冬。前述のように、鳥居《とりい》は「短歌の魅力《みりょく》をより多くの人に知ってほしい」と大阪・梅田の駅に立ち、手作りのプラカードを掲《かか》げ、ビラも配って「生きづらいなら短歌をよもう」と訴《うった》えました。ところが、誰《だれ》にも振り向いてもらえませんでした。

このため、「短歌を広める別の手段はないか」と考えます。まず思い浮かんだのは、電車の中づり広告やテレビコマーシャルを出すことでした。

しかし調べてみると、お金がかかって、貧困生活を送っている鳥居《とりい》には難しく、次に思いついたのが「インターネット」を使うことです。「ネットならタダで宣伝できる」「初心者から楽しめる短歌入門のホームページを作って短歌のすそ野を広げよう」とひらめいたのでした。

以前、公共職業安定所《ハローワーク》の職員からは「IT（情報技術）時代だから、パソコンを覚えるといい」と勧められていました。

そのことを思い出し、鳥居《とりい》は、生活を保障する給付金を受けながら職能を身につけられる「職業訓練《くんれん》校」に通い、初級のパソコン操作を学び始めました。「働く練習をしつつ、月々の家賃を払える。その上、短歌のためにもなる。『こんなにダメな自分で、いったいどうやって一人で生計を立てていったらいいのか』と不安でならなかった自分にとって、それは今後の自分の人生を大きく左右することでした」

水とお茶売り切れになる自販機《じはんき》は大人が多く居《い》る階のもの

定時制高校に通っていた時は、ITの授業が大の苦手でした。パソコンは児童養護施設《ようごしせつ》にも祖母《そぼ》の家にもなくて、鳥居《とりい》にとっては「未知の機械」だったのです。「ダブルクリック」の意味もわからず、「ボタンを2回押す」と説明されても「え？　押すのはどこ?」と混乱し、初歩的なことすらわからない状態でした。

けれども、苦手意識を懸命《けんめい》に克服《こくふく》しながらパソコンの使い方を覚え、通い始めて1ヶ月半で、文書作成ソフトの「Word《ワード》」と、表計算ソフトの「Excel《エクセル》」などを使いこなせる人の資格「MOS《モス》」を取得しました。

「望んでも叶《かな》わない経験ばかり重ねてきたけれど、〝努力すればできることもあるんだ〟っていうことを初めて実感できた経験だった」といいます。


しかし、「Word《ワード》」と「Excel《エクセル》」を使いこなせるだけでは、短歌を宣伝するためのホームページは作れません。「ホームページの作り方や、ネットを使った短歌の宣伝の仕方を学ばなければ」と、鳥居《とりい》は再び、今度は上級のパソコン操作を教える職業訓練《くんれん》校に通うことにしました。

「何をやってもダメな感じ――なすすべのない無力感がしていた中で、MOS《モス》の資格を取れて、初めて『がんばれば、私にもできることがあるのかも』と思いました。

その経験は、私にとって画期的なものでした。今までは「どんなにがんばってもできない」ことのほうが圧倒的に多かったからです。上級の職業訓練《くんれん》校の卒業を目指すことは、『がんばっても働けない』を『がんばれば働ける』へ、『がんばっても普通に生活できない』を『がんばれば普通に生活できる』へ転換させる、自分への賭《か》けでした。

また、私が学校へ行き始めたころに、あこがれの吉川宏志《ひろし》さんが、私への返信の手紙の中で、『学校を無事に卒業できるといいですね』と書いてくださっていた。これがうれしくて――上級の職業訓練《くんれん》校を何としてでも卒業しようと決意しました。

その学校に入るには、かんたんな「一般常識」の試験をパスしなくてはならないとハローワークの職員から教えてもらった鳥居《とりい》は、「まとめ問題集を買い、試験を受ける直前の待合室まで持ち込んで猛勉強《もうべんきょう》した」といいます。

試験当日はパソコンの習熟度を尋《たず》ねる質問表にも、少しでもできれば「できる」に〇をつけました。

そんな努力の甲斐《かい》あって入学はできたものの、入ってみれば、周りはネット関連の企業に勤めていた人やゲームを制作していた人など、もともとパソコン操作の能力が高い人ばかり。みんな、キーボードを見なくてもパソコンを操作できる「ブラインドタッチ」も速く、鳥居《とりい》はたちまち「断トツの落ちこぼれ」になってしまいました。

職業訓練《くんれん》校では、商品の売り方や宣伝の仕方などを学ぶ「マーケティング」の授業は熱心に聞いて理解でき、短歌や歌集の宣伝の仕方に応用できそうだと思えることも多くありました。

けれどもさっぱりわからなかったのはパソコンのプログラミングです。中学や高校レベルの英語と数学の知識が要求され、小学校の教育さえろくに受けられていない鳥居《とりい》には、とても理解できる内容ではありませんでした。

プログラミングでは、「right《ライト》（右）」「left《レフト》（左）」など、機械を操《あやつ》るのに使う用語も全て英語で、一文字でもミスがあると、機械はいうことを聞いてくれません。

鳥居《とりい》はほかの受講生が当たり前のように知っているような英単語も知らず、一から大量に覚えなくてはなりませんでした。

またデータ処理には「2進数」の理解が必要でした。

小学校の算数さえわからない鳥居《とりい》には、2進数は「さっぱりわからない」のでした。

「足し算しか知らない小学生に、わり算の問題を見せて『解きなさい』といってもそもそも〝÷〟の意味もわからないから無理ですよね。それと同じように、2進数にもとづいたプログラミングの話は、私にはひとかけらもわかりませんでした」

定時制高校では丸暗記だけで体育とＩＴの授業以外は学年トップの成績を取っていた鳥居《とりい》でしたが、プログラミングのテストの問題用紙は「判読不能な文字が並んでいるだけにしか見えなかった」といいます。

丸暗記しようにも、テストには暗記した数式とは別の数式が出るので、まったく解けませんでした。

みんながもともと10年近くかけて身につけてきた中学までの算数と数学の知識をひと晩やそこらで習熟することなど不可能です。

その授業では、0点を取っては追試をさせられることのくり返しになりました。

「おまえ、やる気あるのか？」「授業聞いてたのか？」

追試を重ねる鳥居《とりい》に、先生はどなるようになりました。

しかし、職業訓練《くんれん》校では少しでも遅刻や欠席をするとすぐに退学させられてしまうため、つらくても出席して授業を聞いていました。

「職業訓練《くんれん》校は、通うのがとてもつらくて、エレベーターが暗い地下から地上に上がって行く時に、エレベーター内に外光が射すんですが、その瞬間《しゅんかん》しか、日々の楽しみがありませんでした。

足が悪いので、通学の際の満員電車の中で立ち続けることもできず、加えて貧血で眩暈《めまい》を起こしやすい体質なので、行きだけで2回、電車内で倒《たお》れたりしていました。親切な女の人が、「いったん電車を降りて、駅のベンチで休む？　一緒に付きそってあげるよ？」といってくれましたが、遅刻をしたら退学になるので、1分の遅刻もできないと、死にものぐるいで通学しました。

当時は本当にお金がなくて、病院に行けず、そのためにドクターストップも受けていませんでした。

つまり、自分がうまく働けないのは、〝怠《なま》けている〟せいではなく〝病気のせいで仕方がないことなのだ〟とまだ気づいていなかったんです。

そのころの私は、自分が外に出られないことやうまく働けないことを〝自分の根性がなってないから〟〝甘えているから〟だと思っていました。

天涯孤独《てんがいこどく》の身で、精神的にも経済的にも甘えられる家族もいない中で、外出など、みんなが当たり前にできていることすらできなくて――こんなにダメな自分で、どうやって一人で生計を立てていったらいいのか。いつも不安でたまらず、それで必死で職業訓練《くんれん》校に通っていました」

音もなく
涙《なみだ》を流す我がいて
授業は進む　次は25ページ

マーケティングやデザインの授業では、短歌の魅力《みりょく》を広める糸口も感じ、教科書にびっしりメモを書き込んで、むさぼるように学んだ鳥居《とりい》でしたが、プログラミングの授業だけは熱心に聞いてもどうしてもさっぱり理解できず――「虐待《ぎゃくたい》を受けていて小学校や中学校にまともに行けていないから、基礎《きそ》的な学力がなくてわからないんです」「本当にわからないんです」と何度説明しても、先生は「そんなの自己責任だろう」「努力が足りないんだ」といってとりあってくれません。

児童養護施設《ようごしせつ》で常に暴力にさらされてきて、人に対する恐怖心《きょうふしん》があり、今では「複雑性《ふくざつせい》ＰＴＳＤ」と診断《しんだん》されている鳥居《とりい》にとって、先生からの叱責《しっせき》は身を切り刻まれるようにつらいことでした。

「これぐらいは当然、みなさんはわかりますよね」

先生は授業中にも険《けん》のある言葉をいうようになり、鳥居《とりい》はそのたびに傷つき、追いつめられて、気がつくと薬を片時も手放せない状態になっていました。

ポケットの多いコートを着て、そのポケットのあちこちに抗不安薬《こうふあんやく》を忍ばせ、水筒《すいとう》に水道水を入れて、何かあればすぐに薬を飲めるようにしていました。

セパゾンをコートに多く隠し持ち「不安時」の文字見られぬように

薬の飲みすぎで頭はボーッとして目の前の景色はゆがみ、負のスパイラルにはまりこんで、授業はますますわからなくなっていきました。

強すぎる薬で狂《くる》う頭持ち上げて前視る授業を受ける

職業訓練《くんれん》校では、就職《しゅうしょく》に向けて履歴書《りれきしょ》の書き方を学ぶ授業もありました。履歴書《りれきしょ》には志望動機を書かなくてはなりませんでしたが、うまく書けないでいる鳥居《とりい》に、先生が投げかけた言葉は鳥居《とりい》をさらに追いつめました。

「三十一文字《みそひと》ばかり書いているから履歴書《りれきしょ》も書けないんだ」

「時代錯誤《さくご》なんだよ。短冊《たんざく》に短歌なんて書いてていいのは平安時代まで。現実を見ろ」

新人賞に応募《おうぼ》しようと放課後に短歌を作っていると、

「新人賞？　何なの、それ。もうかるの？　新人賞を取れば食っていけるの？」

「……いいえ」

「じゃあどうすればいいと思うんだ」

「……わかりません」

「おまえがやってることは全部、むだなんだよ。稼《かせ》いでるやつのほうがえらいんだ」

先生の強弁《きょうべん》の前に、鳥居《とりい》は何もいえなくなってしまいました。

さらに先生は、短歌を作ることがいかにむだかを力説しました。

「お金を集められる人だけがプロといえるんだ。イラストレーターになりたいといっていても、パソコンで自分の好きな猫耳《ねこみみ》の女の子のキャラばかりを描いているやつは、趣味ならいいけど仕事にはならない。注文に応じた仕事をするのがプロ。おまえがやっていることは自分好みの女の子ばかり描くやつと同じ。自己満足の世界なんだよ」

■短歌の世界で生きることの困難にぶつかる

鳥居《とりい》はつらい時、芸術に救われてきました。

南瓜《なんきん》を半分に切り並べれば棚《たな》一面に金が輝《かがや》く

施設《しせつ》を出て祖母《そぼ》と暮《く》らし、廊下《ろうか》で糞尿《ふんにょう》をたれ流す祖母《そぼ》の介護《かいご》と定時制高校への通学、アルバイトが重なって過酷《かこく》な生活がつづいた時にも、働いていた青果《せいか》店の店頭にカットしたかぼちゃの黄色い面を並べながら「クリムトの『人生は闘《たたか》いなり』の絵みたいだな」と名画を思い浮かべることでつらさを忘れました。

美しい情景を映しながら、自分が感じてきた孤独感《こどくかん》漂《ただよ》う世界を詠《うた》い上げる短歌はやはり、すばらしい芸術だと思えました。

そんなすばらしい歌を作る歌人がみんな兼業で創作に励《はげ》んでいて、歌集を出しても対価を得られるどころか自腹を切らなくてはならない――そんな現状を変えたいと考えていました。

すばらしい作品を作る歌人は、鳥居《とりい》にとっては年収3億円を稼《かせ》ぐ人にも引けを取らないぐらい、すごい人なはずでした。

けれども「お金を集められる人だけがプロ」という職業訓練《くんれん》校の先生の断言に、短歌をがんばって作りつづけても、その先には明るい未来があるわけではない現実を思い知らされてしまったのでした。

水筒《すいとう》の中身は誰《だれ》も知らなくて3階女子トイレの水のむ

精神の安定を求めて薬が増え、その副作用でぼーっとして眠くなったり、頭が痛くなったりして授業に身が入らない鳥居《とりい》に、先生はいら立ちをますます強めていきました。

「過去に虐待《ぎゃくたい》されたのも、おまえが悪かったんじゃないのか」

「そんな風だから虐待《ぎゃくたい》されたんだ」

そういわれるようにもなり、薬の量はとめどなく増えていきました。

先生に叱責《しっせき》されながらも、鳥居《とりい》は昼休みや放課後に短歌を作りつづけていました。

お金がなかったこともあり、みんなが食事に出ていく昼休みに一人教室に残り、食事を抜いて創作にあたることもたびたびでした。

昼食をとらず群れから抜け出して孤独になれる呼吸《こきゅう》ができる

放課後も夕焼けが見えるまで、教室に残って短歌を書いていたこともありました。

しかしそうして一生懸命《けんめい》に作った短歌を新人賞に応募《おうぼ》してもなかなか受賞できず、落選することの連続でした。

心とはどこにあるかも知らぬまま名前をもらう「心的外傷」

2014年には、鳥居《とりい》は連作「呼吸《こきゅう》する」を、「中城ふみ子賞」に応募《おうぼ》しました。中城ふみ子（1922〜1954年）は、北海道出身で、31歳の若さで乳がんで亡くなった歌人です。闘病をテーマにした歌を多く残した彼女《かのじょ》をたたえ、自分の生きざまをたくした短歌の創作者に贈られる賞が「中城ふみ子賞」です。

母の死や中学生の時に経験した友達の自殺、精神科の薬を飲み、危ういところでどうにか生きのびてきた体験――鳥居《とりい》がそうした自身の体験をもとに、生きること、生命と向き合って作った連作でした。


「呼吸《こきゅう》する」のタイトルに込めたのは、次のような思いです。

「生きることは当たり前のことではありません。今日もなんとか生きのびようと、毎日もがきながら生きる人もいます。私自身も『死にたい』と思いながら生きてきました。苦しくても死なずにつなぎとめた命の瞬間《しゅんかん》の積み重ねで、今があります。今日までの膨大《ぼうだい》な時間の中で一度も心臓や呼吸《こきゅう》を止めることなく、生きてきた。生きているだけで十分、すごいんじゃないか。できて当たり前、と思われていることを、あらためて見直したい」

自分自身の苦しさ、生きづらさを投影《とうえい》した、渾身《こんしん》の作でした。

「中城ふみ子賞」の選考で、この連作は「精神の傷がストーリー性をもって表現された、手ざわりのある作品である。息苦しさもあるが、それに耐えながらうたう力量が感じられる」と評され、候補《こうほ》作に取り上げられました。

それでもやはり、大賞といえる「ふみ子賞」には届かなかったのでした。

空しかない校舎の屋上ただよひて私の生きる意味はわからず

職業訓練《くんれん》校に通っている時、鳥居《とりい》は週末は短歌の勉強会に通っていました。大学の短歌サークルに参加して腕《うで》を磨《みが》く努力もしました。

しかしそこでも、義務《ぎむ》教育をきちんと受けられていないがゆえの障壁《しょうへき》が待ち受けていました。

「二物衝突《にぶつしょうとつ》」や「韻律《いんりつ》」「二句切れ」といった、みんなが当たり前のように話している短歌の創作に関する言葉の意味がわかりません。

「驟雨《しゅうう》」（にわか雨）など、短歌や俳句《はいく》によく詠《よ》み込まれる言葉なのに知らない言葉も多く、いちいち「それはどういう意味ですか」とは聞きにくくて遠慮してしまい、「私だけ、みんなと違う」という感覚を抱いて、孤立《こりつ》してしまうのでした。

「短歌の勉強会に出てみると、参加者は、偏差値《へんさち》の高い大学出身の方がほとんどでした。短歌の専門用語はもちろん、古文の旧仮名や旧漢字、さらには助詞や述語といった必要最低限の国語の言葉も知らず、また国語以外にも、短歌に詠《よ》み込められている植物や鳥や歴史の知識も自分には欠けていると感じました……今でも私は、短歌を学ぶどころか、そのスタートラインにすら立てていないという実感があります」

短歌の勉強会へ参加するにあたっては、金銭的な苦しさもありました。

鳥居《とりい》はこれまで、短期間のアルバイトで得たお金を切り崩《くず》し、ファンからの差し入れなどにも助けられながら、極貧《ごくひん》生活を送ってきました。

短歌を詠《よ》み始めたころには、家賃《やちん》の安い外国人用のシェアハウスに住んでいました。

破れたままの靴《くつ》もはきつづけ、光熱費を減らすために、ろうそくの灯りで過ごした夜もあります。

そんな鳥居《とりい》には、勉強会へ行くための参加費や交通費を工面《くめん》するのも、かんたんではないのです。

多くの歌人は「結社」という集まりに参加して、互いに批評をしあって切磋琢磨《せっさたくま》していきます。鳥居《とりい》も、短歌界に入ったきっかけを作ってくれた歌人の一人である吉川宏志《ひろし》さんが代表をつとめる結社『塔《とう》』に、一度は入会しました。しかし、年間数千円の会費や、会合に参加するための参加費や交通費の工面《くめん》が難しく、現在はやむを得ず休会しています。

また、短歌を学ぶうちに興味を持つ歌人が出てきて、その人の歌集を手に入れようとしても、たいていは図書館には置いていなくて、自分で買うお金もないのでした。

みずいろの色鉛筆で◯つける（今日も生きた）を確かめるため

鳥居《とりい》が短歌を詠《よ》み始めたのは、人が恐くて、引きこもりになっていた時でした。作品を応募《おうぼ》するために郵便局《ゆうびんきょく》へ行くのも、やっとのことでした。

しかし、短歌は勇気を出して足を踏《ふ》み出した世界。つらい経験をくり返してきた末にやっと見つけた「人生の居場所《いばしょ》」です。

「複雑性《ふくざつせい》ＰＴＳＤ」という障害がある鳥居《とりい》にとって、人と接することはただでさえ怖いのですが、短歌を発表するということは、心の奥底をさらし、無防備に人の批判にさらされる危険と隣《とな》り合わせです。

このため、創作を始めてからは怖さとの戦いの連続でもありました。

歌人が集まる勉強会でも孤立《こりつ》。新人賞にも通らない。職業訓練《くんれん》校はどうにか卒業しましたが、先生からの叱責《しっせき》にさいなまれた結果、「短歌の世界でがんばっても、未来は明るくない」と思うようになってしまい――八方ふさがりの状況の中で、短歌の道を歩んでいくことへの自信を失っていきました。

眠るとは死ぬことだから心臓を押さえて白い薬飲み干す

同じころ、活動を知られるようになった鳥居《とりい》は、新聞や雑誌などのメディアに顔を出す機会が増えていきます。

「短歌の魅力《みりょく》を少しでも伝えられたら」と、折れかけた心に鞭《むち》を打ちながらマスコミの取材はできるだけ受けてきました。

ところが生い立ちの不幸さばかりに焦点《しょうてん》を当てられ、強調されることがつづきました。

「不幸な話をください」と露骨《ろこつ》にいうマスコミ関係者もいたといいます。そうした中、「家族や自分の不幸を面白おかしくばらまかれ、見せ物小屋で見物されている」かのような感覚に陥《おちい》っていきました。

さらには、マスコミへの露出《ろしゅつ》が増えるにつれ、電子メールや手紙などで批判や誹謗中傷《ひぼうちゅうしょう》の声も寄せられるようになっていきました。

「生い立ちを売り物にしている」「不幸を自慢している」——初対面の人にいきなり「君の歌も、セーラー服を着ていることも、すべてが嫌いだ」といわれることもありました。

一方でファンの一部からも、「鳥居《とりい》さんの不幸がたまらない」「いいぞ、もっと不幸になって」という手紙やメールが寄せられ、苦しい思いは深まっていきました。

「私は凡人《ぼんじん》だから、誰《だれ》よりも努力しないとほんものになれない」

そうして人生を懸《か》けて努力しても、短歌では何の成果も出ません。ただ、生い立ちを面白がられるだけのことでした。

「では、自分はいったい何のために創作をしているのか？　今までの積み重ね、応援してくれる周囲の方への感謝、それらを考えれば、意地でも続けるしかない。でも……」

そろそろ結果を残さないと、歌人としての可能性が完全に無くなるという焦《あせ》りも次第に募《つの》っていきます。

「応募した賞が発表される前は、自分の歌の良いところをがんばって探してみて『ちょっとうまくできたかな』と思っても、やっぱり賞に入ってなくて――『そうだよね』と思ったり、『やっぱり、ぜんぜん上達してないのかな』と落ち込んだり。〝蜘蛛《くも》の糸〟のいちばん下につかまっていて、真っ先に落ちるのが自分だという予感があるけれど、万に一つの可能性にかけて、時間もなけなしのお金も労力もつぎ込んで、必死に命がけで創作をつづけていますが――それが、全部むだなのかもしれない、とも思います」

周囲の同世代の人たちは、社会に出て仕事をし、安定した生活を送り始めています。

「自分も社会人なのだから働かないと、短歌と仕事を両立させないと、とは思いますが、でも、医者からは就労《しゅうろう》を止められていて働くことはできません……」

そういった焦《あせ》りと後ろめたさから、ますます、(短歌一本で生活するのは当然無理だとしても)せめて短歌で何らかの成果を出したい、と、かき消えそうな希望をたくしつづけて短歌を作りつづける鳥居《とりい》でしたが、
「成果があがらないどころか、『あんな奴、歌人とは呼びたくない』と後ろ指を指されることも増えていきました」

誰《だれ》かの助けがないと日常生活が送れないような精神の重い障害を抱え、時間通りに眠る・起きる・外出するだけでも数時間の逡巡《しゅんじゅん》を経てからでないと行動に移せない自分――必死に無理をして、できるだけ周囲から浮かないようにコミュニケーションをとること、普通に生活していくことさえ困難な鳥居《とりい》は、就労《しゅうろう》についても、

安定した生活についても、そして、ようやく居場所《いばしょ》だと思えた短歌についてすら、明るい未来を描けず、無力感や情けなさ、自分を責める気持ちにさいなまれてしまうのでした。

■死の淵《ふち》でよみがえった温かい記憶

やがて、「見せ物小屋で観客が喜ぶように、私が病めば病むほど人が喜ぶ」のなら、「私が死んだら、みんなが面白がるのかもしれない。それぐらいでしか、自分は世の中に貢献《こうけん》できないのではないか」と鳥居《とりい》は思うようになります。

ある晩、鳥居《とりい》は一人で暮《く》らしている部屋で、手元にあった睡眠薬《すいみんやく》や抗不安薬《こうふあんやく》など精神科の薬をありったけ飲みほしました。

意識がもうろうとして、やがて気を失い、その場に倒《たお》れこみました。

そうして部屋に横たわっていた鳥居《とりい》の目の前にふと浮かんだのは、走馬灯《そうまとう》のような光景だったといいます。

走馬灯《そうまとう》次々ひらく眠剤を含む身体に母を見させて

なぜか、母や祖父母《そふぼ》と過ごした幼い日の温かい思い出の数々が、次々と脳裏《のうり》によみがえってきたのでした。

鳥居《とりい》が幼いころ。

家族がまだ仲が良くて、みんなで花火大会を見に行った時のこと。

まだみんな家族のままで砂浜に座って見つめる花火大会

公園でブランコに乗る鳥居《とりい》の背中を祖父《そふ》が押してくれ、家に帰ってからも「この子は本当にブランコが好きやなあ。背中を押してやったら、喜んでなあ。なあ、楽しかったな」と鳥居《とりい》に微笑《ほほえ》んでいたこと――

「サーカスを見に行きたい」という鳥居《とりい》のために、祖母《そぼ》が場所や内容を下見しようとし、それを知った母が「どこでやってるか知ってるの?」といって苦笑いしていた思い出。

小学校に上がった鳥居《とりい》を、毎朝、母が曲がり角で姿が見えなくなるまで見送ってくれていたこと――

大きく手を振れば
大きく振り返す

母が見えなくなる曲がり角

「ささいなことでありながら、宝石のようにかけがえのない、ほがらかな日常。その時はどうでもいいと思っていた一瞬《いっしゅん》、一瞬《いっしゅん》がこんなにも美しく楽しく、幸せだったのか」

走馬灯《そうまとう》のような光景を見ながら、そんな思いも浮かんでいました。

「あのころにもどりたい」

「このまま死んだら、お母さんやおじいちゃん、おばあちゃんに会えるかな。みんなが死後の世界にいるなら、『いろいろあったけど、かけがえのない家族だよね。仲直りしようよ』って、家族が和解する仲裁《ちゅうさい》役をしたいな。そしてみんながどんな人生を送ったのか、教えてもらいたい」とも——

鳥居《とりい》の祖父母《そふぼ》は、娘（鳥居《とりい》の母）が、エリートの男性と結婚することを望んでいました。

しかし、女優の仕事をしていた母は、両親の反対を押しきり、脚本家《きゃくほんか》を志していた父と結婚し、鳥居《とりい》が2歳の時に離婚《りこん》をしました。

母と祖父母《そふぼ》の不仲の背景には、そうした事情も影響していたのかもしれません。

厳しい祖母《そぼ》のしつけから、母が鳥居《とりい》を守ろうとしたという側面もあったでしょう。

手を繋《つな》ぎ二人入った日の傘《かさ》を母は私に残してくれた

そして、もうろうとした意識から快復した鳥居《とりい》――その心の中には「お母さんも、おじいちゃんもおばあちゃんも、きっと誰《だれ》も悪くなかったんだ。みんな精いっぱい、一生懸命《けんめい》生きたけれど、うまくいかなかっただけなんだ」という思いが浮かんでいました。

母からも祖父母《そふぼ》からも、私は確かに愛されていた——走馬灯《そうまとう》のような光景が教えてくれたのは、鳥居《とりい》の体の中にしっかりと刻まれている、そうした記憶。

そして、「私にも、幸せな時代があった」「私の人生も、お母さんやおじいちゃん、おばあちゃんの人生も、そんなに悪くなかった」という事実でした。


そもそも、鳥居《とりい》の歌が持つ迫力《はくりょく》や、作品から放たれる彼女《かのじょ》独特の感性のルーツは、どこにあるのでしょうか？

ひとつには、これまでの過酷《かこく》な半生の中で行き場を見失い、さまよっていた「魂《たましい》の叫《さけ》び」のようなものや、さまざまなものに感動する心の力が、彼女《かのじょ》の作品の中で解き放たれている、という側面があるでしょう。

さらに私（岩岡）は、私見ながら、母から受け継《つ》いだ才能を感じずにはいられません。

文学少女だった母が雑誌に投稿《とうこう》し、掲載《けいさい》されたその結果を切り抜いて集めたアルバムを見ていると、日常の出来事に対する観察眼《かんさつがん》の鋭《するど》さや、それを短い文章で切り取る才能が、鳥居《とりい》と重なって見えてきます。

そして、鳥居《とりい》が幼いころ、母が絵本を読み聞かせてくれたことも大きかったのかもしれません。

殺伐《さつばつ》とした環境《かんきょう》下にいた時でも、鳥居《とりい》はなぜ本や新聞などの活字を求めたのか？ 辞書《じしょ》を引きながらでも、知らない言葉ばかりが出てくる〝拾った新聞〟や〝図書館の本〟を読む熱意を、なぜ鳥居《とりい》は維持《いじ》できたのか？

「幼いころ、お母さんが絵本を読んでくれたのが、私が本好きになったいちばんはじめのきっかけです。今、私が文学や芸術を心から愛せるのも、母のおかげだと思います」

と鳥居《とりい》はいいます。

鳥居《とりい》には、母からも祖父母《そふぼ》からも、何の金銭的遺産《いさん》も残されませんでした。

しかし、鳥居《とりい》こそ、若くして失意のうちに自殺した母や祖父母《そふぼ》の魂《たましい》を受け継いだ、紛《まぎ》れもない遺産《いさん》だったのではないでしょうか。

眠りからさめれば誰《だれ》もいなかったように風鈴《ふうりん》ゆれる真夏日

鳥居《とりい》は、母が懸命《けんめい》に注いでくれた愛について、こう思い出します。

「幼いころ、母が手をつないでくれたこと——それがとてもうれしかった。……頭をなでてくれたこと、それもうれしかった。……ひざの上に乗せてくれたことも、うれしかった」

鳥居《とりい》が子どものころ、「自転車で、信号が赤だけど行っちゃおうとした時に、お母さんが止めた」ことがあったそうです。

「なんで?」

と聞く鳥居《とりい》に、母は、

「あなたが自動車にはねられて死んだら、後悔するから」

といいました。

虐待《ぎゃくたい》を受けている時は母から「死んでしまえ」と罵声《ばせい》を浴びていたので、子ども心に、鳥居《とりい》は「自分が死ねば、お母さんは幸せになるんだ。体も疲《つか》れないし、お金のことも楽になるんだ」とばかり思っていました。

なので、鳥居《とりい》は、

「なんで私が死んじゃダメなの？」

と聞き返しました。ひどく無口だった母は、口ごもってしまいましたが、母がその無言のうちに、

「当たり前じゃないか！　なにいってるんだ」

と伝えてきたように感じたといいます。その時、初めて鳥居《とりい》は、

「お母さんは、私が死んだらイヤなんだ」

と知ったといいます。

母は、怒った後は、1週間も鳥居《とりい》と口をきかないことがありましたが、

「母は、自分がじょうずに育てられてこなかったので、子育ての仕方がわからなかったんだと思います。虐待《ぎゃくたい》といわれるようなことをした後も、我《われ》に返ると、反省して、優しく頭をなでて、『大丈夫、大丈夫』といって面白い話をしてくれて、抱きしめてくれるんです」

「『お母さんは私のことが嫌いなの？』と聞くと、『すごく怒っている時があっても、あなたのことが嫌いではないのよ』と母がいって、驚《おどろ》いたこともありました。『本当に？』と聞き返すと、母は同じ言葉をくり返してくれました。『当たり前やん』と。それがすごく、私の救いなんです——今でも」

「メディアでは、私の過去のつらいエピソードばかり求められがちですが、そこで話すことはほんの一面にすぎなくて、私のお母さんはとてもいいお母さんでした。本を読んでくれたり、お菓子《かし》をたくさん買ってきてくれたり。よく『今までたいへんだったね、これからは幸せになるよ』といわれるのですが、私は自分の人生が不幸だったとは思わないんです。母や、祖父母《そふぼ》から——たくさん、かけがえのない良い思い出を与えてもらいましたから」

歌人として活動してきた鳥居《とりい》には、誹謗中傷《ひぼうちゅうしょう》や批判の声だけでなく、ファンからの温かい励《はげ》ましの電子メールや手紙なども寄せられてきていました。

2013年、先の、紀伊國屋《きのくにや》書店グランフロント大阪店で講演した時には、「自分は短歌に出会えて、ようやく一人じゃないと思えた。みなさんにも、文学や芸術、音楽などの中に、そうした出会いがあるかもしれません」と話し、「生きづらいなら短歌をよもう」と呼びかけました。

そんな鳥居《とりい》に対して、後日、「死にたいと思いながら生きていてもいいんだと思えました」と、感想を送ってくれた女性がいました。

鳥居《とりい》は、その感想を思い返して語ります。

「今の私には頼れる親類もなく、お金も、地位も名声もありません。何にもできない私が唯一挑戦《ゆいいつちょうせん》して、必死に作った短歌も落選ばかり。みんなが当たり前にこなしている『普通』に生きることさえ難しいから、いつも不安です。『自殺する人を減らしたい』と心から思っているけれど、一方で『死にたい』という自分の気持ちも、いまだに残っています。

でも、それでも……〝負けたままでも、弱いままでも、死にたいと思いながらだって、生きていていい〟と、私はいいたいんです」

それは、鳥居《とりい》が自分自身に日々言い聞かせている言葉でもあります。

「そんな自分の姿が、どこかの誰《だれ》かに寄りそうこと、手をつなぐことにつながれば……」──それが鳥居《とりい》にとっての、生きのびる意味になりました。

そして、〝自分のつらい過去を思い出し、さらすことが、いつか、誰《だれ》かを照らすかがり火になるかもしれない〟──鳥居《とりい》は自分の短歌に、そして本書に、そんなかすかな祈《いの》りを込めています。

便箋《びんせん》に似ている手首
あたたかく燃やせば
誰《だれ》かのかがり火になる

あとがき

鳥居《とりい》と出会ってから2年以上になります。
ある時は大阪や東京で会い、ある時は長電話をして——何度も何時間も話を聞いてきました。
私自身もシングルマザーであるためか、なみだなしに聞けない母子の話も少なくありませんでした。

東京新聞／中日新聞の記者である私はなぜ、こんなに深く、取材対象の一人である彼女《かのじょ》と付き合ってきたのでしょうか。

鳥居《とりい》が母と一緒《いっしょ》に暮《く》らした場所を訪ねるために東京に来た時——電話でそれを知らせてきた彼女《かのじょ》になにげなくつきそった私の中に、親心のようなものがわいてしまったから、ということも確かにあるでしょう。

しかし、それよりも、彼女《かのじょ》が発する言葉や生み出す作品——その中に、どこか「社会をより良き方向に変えてくれる」期待を感じたからだということのほうが私の中では大きそうです。

戦後70年の昨夏（2015年夏）に放映されたテレビ番組の中で、ある政治家が「日本は現在、東京一極集中《いっきょくしゅうちゅう》が極端《きょくたん》に進み、所得の格差《かくさ》が拡大している。日本という国は本来、みんなで助け合い、みんなで幸せになっていく国なのであったはずだ。今、大きな曲がり角に立っている」といったことを話していました。

同じような実感を持つ人は、少なくないのではないでしょうか。

広がる格差《かくさ》、子どもにも広がる貧困《ひんこん》、ネット上などで広がっている「弱者へのバッシング」……人々が階層化《かいそうか》されてゆく社会は、改善されるどころか、固定されていっている感すらあります。

そんな社会の底辺で希望を見いだせず、生活保護を受けることにすら罪悪感《ざいあくかん》を覚えるなどして、自ら死を選んでしまう人たちも中にはいます。

そんな現状に危機感と忸怩《じくじ》たる思いを抱きつづけてきた私は、鳥居《とりい》の中に、〝社会的弱者の存在とその絶望とに光を当て、多くの人に気づかせて、より良き方向に社会を変えていく旗手《きしゅ》〟としての期待感を持ったのだと思います。

鳥居《とりい》の過酷《かこく》な生い立ちと短歌との出会い、彼女《かのじょ》が生み出してきた作品――それらを知った私は、２０１５年4月6日から5月8日にかけて、東京新聞と中日新聞の夕刊文化面で「鳥居《とりい》～セーラー服の歌人」と題した連載《れんさい》記事を書き、鳥居《とりい》の半生と作品を紹介《しょうかい》しました。

その連載《れんさい》には、毎日、感想を歌に詠《よ》み、はがきで送ってくださる読者の方がいるなど、多くの反響《はんきょう》がありました。

新聞の連載《れんさい》が終わってまもない2015年5月23日には、鳥居《とりい》は東京新聞／中日新聞に「曲がり角」と題した連作を発表しました。

この連作にも、いとうせいこうさんが「心揺《ゆ》さぶる短歌」とツイッターでつぶやいてくださり、そのつぶやきに700を超える「お気に入り」登録がなされて、確かな手ごたえがありました。

文学や芸術とは何なのか。彼女《かのじょ》の存在を見ていると、ふとそんなことを考えさせられます。

小説家の太宰治《だざい》は、犬嫌《いぬぎら》いの主人公（太宰治《だざい》自身）が巻き起こす悲哀《ひあい》をユーモアたっぷりに描いた短編《たんぺん》小説『畜犬談《ちくけんだん》』の最後近くで、「……芸術家は、もともと弱い者の味方だったはずなんだ」という言葉を記し、さらに主人公にこんな台詞《せりふ》を語らせています。

「弱者の友なんだ。芸術家にとって、これが出発で、また最高の目的なんだ。こんな単純なこと、僕《ぼく》は忘れていた。僕《ぼく》だけじゃない。みんなが、忘れているんだ……」

鳥居《とりい》が生み出そうとしているものもまた、現代では忘れられがちな「弱い者の味方としての芸術」ではないでしょうか。

鳥居《とりい》はいいます。

「シンデレラのような『希望の人』にはなりたくないんです。私はずっと、絶望する人の側にいたい。同じ場所で、弱い人たちに寄りそえたら……」

歌人で東京大学教授の坂井修一さんは、その著書《ちょしょ》『ここからはじめる短歌入門』（角川選書）の中で、

「短歌を作ることで、人生の苦痛や不安をとりさることができるか、というと、それは無理でしょう。ただし、苦痛や不安を歌って苦痛そのもの、不安そのものとは

別の世界を作ることはできます」

と書いています。

まさに鳥居《とりい》は、短歌に出会うことで、自身の苦痛や不安に満ちた現実世界とは、また別の場所を作ることができました。

母を早くに亡くし、天涯孤独《てんがいこどく》。虐待《ぎゃくたい》され、暴力をふるわれ、つらいことばかりの人生――図書館で出会った短歌が、そうした目の前の現実の「生きづらさ」から逃《のが》れられる「居場所《いばしょ》」となりました。

そんな彼女《かのじょ》の「生きづらいなら短歌をよもう」という呼びかけが、同じように生きづらさを感じている人たちにささやかな居場所《いばしょ》をもたらすことを、また弱い立場に置かれた人々の存在や心情への想像力を多少なりとも広げるきっかけになることを願います。

本書は、東京新聞／中日新聞の連載《れんさい》「鳥居《とりい》～セーラー服の歌人」をベースにしながらも、大幅な再取材を行ない、構成等も見直して、全面的に書き直したものです。

本書を刊行するにあたり、株式会社KADOKAWA　アスキー・メディアワークス事業局　第6編集部　書籍編集部の工藤裕一さんをはじめ同部の方々にたいへんお世話になりました。工藤さんの的確なご助言があってこそ、本書は生まれました。心より御礼申し上げます。

また、途中でくじけそうになった私に励《はげ》ましの言葉をかけてくれた友人の平塚千栄《かずえ》さんや社の先輩、娘たちに感謝します。

なお、本書と同時に、鳥居《とりい》の初歌集も株式会社KADOKAWAから発売されています。

鳥居《とりい》の短歌の世界にご興味を抱かれた方は、ぜひそちらもご覧ください。

※ノンフィクションの伝記となっている本書では、義務《ぎむ》教育も十分には受けられず、拾った新聞などで独学で文字を覚え、独力で短歌を創作していた当初の臨場感《りんじょうかん》をそのままお伝えすべく、当時の鳥居《とりい》氏が作ったそのままの短歌を掲載《けいさい》しております。

いっぽう、本書と同時発売されました『キリンの子 鳥居《とりい》歌集』（株式会社KADOKAWA）に掲載《けいさい》した短歌では、その後の改作が施されております。『キリンの子 鳥居《とりい》歌集』もご併読《へいどく》いただき、その違いを楽しんでいただけましたら幸いです。

なお、『キリンの子 鳥居《とりい》歌集』には鳥居《とりい》氏の第3回路上《ろじょう》文学賞大賞受賞作品「エンドレス　シュガーレス　ホーム」の全文も掲載《けいさい》しています。（編集部）

セーラー服の歌人　鳥居
拾った新聞で字を覚えたホームレス少女の物語

2016年 2 月 10 日　初版発行

著　者　　岩岡千景
発行者　　塚田正晃
発　行　　株式会社 KADOKAWA
〒 102-8177　東京都千代田区富士見 2-13-3
プロデュース　アスキー・メディアワークス
〒 102-8584　東京都千代田区富士見 1-8-19
電話 0570-064008（編集）
電話 03-3238-1854（営業）
印刷・製本　図書印刷株式会社

ISBN978-4-04-865632-0　C0093

小社ホームページ　http://www.kadokawa.co.jp/
編集ホームページ　http://asciimw.jp/

取材協力＆短歌提供　鳥居
カバー＆本文デザイン　萩原弦一郎（デジカル）
写真撮影　飯塚昌太
編集　工藤裕一（アスキー・メディアワークス事業局 第6編集部 書籍編集部）
編集協力　田島美絵子　黒津正貴　山口真歩（同 書籍編集部）
組版システム ewb　田中禎之

KADOKAWA 鳥居公式サイト：http://amwbooks.asciimw.jp/sp/torii/
アスキー・メディアワークスの単行本：http://amwbooks.asciimw.jp/
編集者ツイッター：@digi_neko